나이 드는 기술

나이 드는 기술

앙드레 모루아의
나이 드는 기술

— 나이듦, 그 깊은 향기

앙드레 모루아 지음 · 정소성 옮김

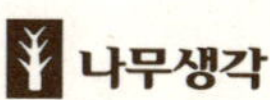
나무생각

차 례

편집자주

이 책은 앙드레 모루아의 저서 《나의 생활기술》 중 제5장 〈나이 드는 기술〉을 따로 떼어내어 한 권의 책으로 엮은 것입니다. 본문의 소제목에는 편의를 위해 일련번호를 붙였음을 밝혀둡니다.

나이 드는 기술

늙어서 어떠한 자세를 취해야 하는가를 알고 있는
사람은 그리 많지 않다.　　　　　　　　　－ 라 로슈푸코[1]

나이를 먹는다는 것은 불가사의한 일이다. 너무나 불가사의하기 때문에 다른 사람과 똑같이 자기도 노인이 되리라고는 좀처럼 믿어지지 않는 것이다. 프루스트는 〈되찾은 시간〉 속에서 서로 청년이었던 시절에 알고 지내던 한 무리의 남녀들이 3,40년 뒤 갑자기 재회했을 때의 놀란 기분을 아주 그럴듯하게 표현하고 있다.

처음엔 이 집 주인이나 손님들을 그 친구들이라고 인정하는 것을 왜 주저했는지 나 자신도 몰랐다. 모두가 마치 일부러 머리 모양을 바꾸고 있는 것 같았다. 어째서 하나같이 머리에 밀가루를 뿌리고 얼굴이 아주 달라져 보이게 하고 있는 건지 알 수 없었다. (…) 공작은 방문객에게 요구한 예법에 자신도 따르고 있는 것 같았다. 즉 턱에는 흰 수염을 달고, 구두창이 납으로 된 구두를 신고 있었기 때문에 무겁기라도 한 것처럼 다리를 끌면서 걸었다. 코 밑의 수염은 〈엄지 동자〉에 나오는 숲[2]의 서리가 아직 남아 있는 것처럼 희었다. 그의 굳게 다문 입에 그것은 상당히 거추장스러운 모양이어서, 이젠 분장의 효과도 거두었으니 그만 떼어버려도 될 것 같은데, 하고 나는 생각했다.

거기에서 프루스트는 청년시절의 친구 한 사람과도 재회한다.

✻ 인생의 출발점에서 그를 알게 된 나에게 그는 옛날 그대로의 모습으로 남아 있었다. 옛날 그때부터 그렇게 긴 세

나이 드는 기술

나이 드는 기술

월을 살아왔다고는 믿을 수 없는 내가 무심코 머릿속에 그려본 옛날의 그였다. 그렇지, 나는 그가 이미 나이에 걸맞게 보인다는 것을 풍문으로 듣고 있었다. 그러나 실제로 그의 얼굴에서 노인의 명확한 징조 몇 가지를 확인하고 나는 정말로 놀랐다. 그러나 나는 납득했다. 그것은 그가 실제로 노인이기 때문이라는 것을, 오랫동안 청년의 모습 그대로 있던 사람도 곧 노인이 되지 않으면 안된다는 것을.

그런 것이다. 자기와 동년배의 남녀에게 일어난 시간의 작용을 보고서야 비로소 마치 '거울'을 들여다보는 것처럼 우리들 자신의 얼굴이나 마음에 생겨난 것을 아는 것이다. 왜냐하면 우리들의 눈 또한 시간의 흐름에 따라 이동하기 때문에 자기가 아직도 청년의 모습을 하고 있다고 느끼며 마음속에는 청년의 수줍음이나 꿈을 여전히 간직하고 있다. 젊은 사람들이 우리들을 어느 나이의 세대로 보고 있는가를 상상해

나이 드는 기술

보려고는 하지 않는 것이다. 가끔 가슴이 철렁하는 것 같은 말을 듣는다. 젊은 작가가 우리들을 '선생'이라고 부르고 있지 않은가. 우리들 쪽에서는 자신을 그와 동세대 사람이라고 생각하고 있음에도. 또 그의 친구가 젊으니까 자기도 아직 젊은 청년이라고 생각하고 있음에도. 아니 좀더 심한 체험도 있다. "바보야, 그 처녀는 늙은이하고 결혼해버렸어. 쉰다섯 살에, 머리는 벌써 백발이라는군." 하고 사람들이 어떤 아가씨에 관한 소문을 말하는 것을 들었을 때. 그때 "아아, 나도 쉰다섯이군." 하고 생각하는 것이다. 머리는 하얘졌어도 마음만은 나이를 먹기 싫어한다.

1

그림자의 선

노년은 도대체 언제부터 시작하는가. 오랫동안 우리들은 나이 같은 것은 들지 않을 것이라는 기분으로 살고 있다. 마음은 여전히 가볍고 힘도 옛날 그대로라고 생각하고 있다. 그것을 몇 번씩이나 시험해보기도 한다.

"청년시절에 늘 올라가던 저 언덕을 같은 속도로 올라갈 수 있을까? … 역시 올라갈 수 있었다! 정상에 다다랐을 때 숨이 좀 가빴지만 옛날과 같은 시간으로 올라갔다. 그런데 젊었을 때도 숨찬 것은 마찬가지가 아니었던가."

청년에서 노년으로의 이행은 아주 완만한 것이기 때문에 달라져가는 당사자는 거의 변화를 알아차리지 못한다. 가을이 여름에서 이어지고 그리고 겨울이 가을에서 이어지는 것도 지극히 천천히 옮겨가기 때문에 한 계절 한 계절의 경계선은 보통 눈에 보이지 않는다. 그런데 가을은 마치 맥베스를 포위한 군대[3]처럼 누런 반점은 드러나지 않게 여름 나무의 잎에 몸을 숨기면서 가만히 남몰래 전진하고 있는 것이다. 그리고 11월의 어느날 아침, 갑자기 바람이 인다. 그러면 황금의 가면이 벗겨지면서 그 뒤로 해골처럼 메마른 겨울이 얼굴을 내미는 것이다. 아직도 싱싱한 초록을 자랑하고 있다고 생각되던 나뭇잎이 벌써 완전히 시들어버리고 몇 줄기 가느다란 힘줄만으로 가지에 매달려 있다. 그때 느닷없는 삭풍은 겨울을 알려준다. 삭풍이 갑자기 겨울을 만들어내는 것은 아니다.

병은 인간이라는 숲을 내습하는 갑작스런 태풍이다. 나이 든 것보다는 아직 젊어 보이는 젊은 남녀가 있다. "그 여자는 참 이상해."라고 우리들은 말한다. "그 사나이는 놀랄 정도야!" 하고 우리들은 그의 활동력, 머리의 회전속도, 생기 넘치는 말솜씨에 감탄한다. 그런데 젊은이라면 기껏해야 감기나 두통 정도로 끝낼 약간 지나친 과로를 한 다음날, 폐렴이라든가 뇌일혈이라는 태풍이 그들을 엄습한다. 그리고 며칠 동안에 얼굴이 주름투성이가 되기도 하고 등이 굽어지고 눈에서 빛이 사라진다. 우리들은 잠시 동안에 노인이 되어버린다. 그러나 그런 사실을 알아차리지 못하고 그런 줄도 모르는 채 벌써 오래 전부터 노화하고 있었던 것에 틀림없는 것이다.

인간에게 이 가을의 계절은 언제부터 시작되는가? 콘라드의 말에 의하면 40세가 넘자마자 "사람은 누구든 눈앞에 가느다란 그림자가 한줄기 가로놓여진 것을 알아차린다. 그리고 그것을 가로질러 갈 때 싸늘한 전율을 느끼고 자기는 이미 청년의 매혹적인 세계에서 떠나가고 있다는 것을 절감하는 것이다." 오늘날 이 가느다란 그림자의 선을 긋는다면 아마 50세 전후의 무렵일 것이다. 그렇다고 해서 이 그림자의 선이 없어지는 것은 아니다. 그리고 그것을 가로질러 갈 때, 아무리 원기발랄하고 튼튼한 사람이라도 콘라드가 말한 차가운 전율을 아련히 느끼며, 비록 짧은 한순간이나마 절망감에 사로잡히게 된다.

"나는 곧 50세가 된다."고 스탕달[4]은 (기묘한 장소를 골랐지만) 바지의 허리띠 위에 써넣었다. 그리고 같은 날에 지난날 사랑한 여성들의 이름을 정성껏 써놓았다. 이 세상의 누구보다도 많은 수의 여성을 자신의 빛나는 다이아몬드로 장식했던 그였지만, 생각해보면 그녀들은 평범한 여자들이었다. 20세의 그는 자기의 연애생활에 멋진 여성과의 만남이 있으리라고 공상하고 있었다. 그리고 그는 연애의 기미를 안다거나 사랑을 귀중히 여기는 기분만으로도 그러한 만남이 충분한 값어치가 있는 사나이였다. 그럼에도 불구하고 그가 사랑하기를 원했던 여성은 끝내 나타나지 않았다. 오직 그가 스스로 그녀들을 상상해서 묘사한 작품의 경우를 제외하고는. 그림자의 선을 가로지르면서 스탕달은 끝내 만날 수 없었던, 그리고 이제는 결코 만날 수 없으리라고 생각하는 연인들을 생각하고 눈물을 흘렸다.

"나도 이제 50세가 되었다."라고 작가는 문득 깨닫는다. 이제까지 나는 무엇을 해왔던가? 무엇을 표현할 수가 있었던가? 그리고 이야기해야 할 것은 이제부터라고 그는 생각한다. 자기가 써야 할 책이 무엇인가를 이제 겨우 깨닫게 되었다. 그러나 이제부터 얼마나 일을 할 수 있는 세월이 남아 있을까? 벌써 심장의 고동이 어쩐지 심상치 않다. 눈도 침침해져 밤에는 책을 읽을 수 없다. 이제 10년일까? 15년일까? "예술은 길고 인생은 짧다." 옛날에는 그럴듯하면서도 너무 평범하게 보이던 이 문구가 문득 심각한 의미를 드러낸다. 나에게 프루스트처럼 《잃어버린 시간을 찾아서》를 써나갈 정도의 시간이 남아 있는 것일까? [5]

늙는다는 것은 머리가 하얘지거나 주름살이 느는 것 이상으로 "이미 때는 너무 늦다" "승부는 끝나버렸다" "무대는 완전히 다음 세대로 옮겨갔다"고 절실히 느끼게 되는 것이다. 노화에 따르는 제일 나쁜 것은 육체가 쇠약해지는 것이 아니라 정신이 무관심하게 되는 것이다.

가느다란 그림자의 선을 뒤로하고 사라져가는 것, 그것은 행동의 노력이 아니라 행동의 의지이다. 청춘 시대의 그 왕성한 호기심, 무엇인가를 알고 이해하고 싶다는 그 욕구, 새로운 세계를 알게 될 때마다 가슴 부풀게 했던 그 광대한 희망, 열심히 연애하는 정열, 미에는 필수적으로 지(知)와 선이 따른다는 그 확신, 이성의 힘에 대한 그 신뢰, 그러한 것들을 50년 동안 가지각색의 체험과 실의를 거듭한 뒤에도 여전히 계속 가지고 있을 수가 있을까?

그림자의 한 선을 넘으면 사람은 부드럽고 조용한 빛의 지대로 들어간다. 지난날처럼 욕망의 강한 일광

그림자의 선

에 눈이 어두워지는 일도 없어서 사람이나 사물이 있는 그대로의 모습으로 보인다. 아름다운 여성은 마음도 훌륭하다고 어떻게 믿을 수가 있을까? 여자 한 사람만을 사랑해본 것도 아니지 않는가. 세상은 진보하는 것이라고 어떻게 믿을 수 있단 말인가? 다사다난했던 생애를 통해서 아무리 급격한 변화도 결코 인간성을 바꿀 수는 없다는 것, 다만 옛부터 지켜왔던 습관이나 낡은 의식만이 인류의 문명을 겨우 지키고 있다는 것을 절감해왔던 것이 아닌가. 그런데 '그것을 도대체 무엇에 쓴다는 말인가?' 하고 노인은 생각한다. 이 말은 아마 노인에게 가장 위험한 것이 될 것이다. 왜냐하면 '좀더 애써보았자 무슨 소용이 있다는 말인가'라고 생각하는 사람은 다음에는 "집 밖에 나가면 무슨 수라도 생기나?"라고 말할 것이고 그리고 다음엔 "방 밖으로 나가서 무엇하는가" "침대 밖으로 나가봐도 별수 없겠지"라고 말하게 될 것이다. 최후로는 "살아서 무엇하나"라고 말하게 될 것이며 이 말

나이 드는 기술

을 신호로 죽음이 문을 두드린다.

그렇기 때문에 나이를 먹는 기술이란 무엇인가에 희망을 유지하는 기술일 것으로 짐작이 간다. 그것이 가능하다는 것을 보여주기 전에, 우선 우리들은 늙는 다는 사실 그대로를 자연의 모습으로 묘사해두지 않으면 안 된다.

2

늙어가는 자연의 모습

극히 단순한 유기체는 몸이 두 개로 나눠져서 각각 새로운 개체가 되기 때문에 죽음을 모면할 수가 있지만, 그것을 제외한 모든 생물은 종류에 따라서 차이는 있으나 어떤 연령을 한계로 늙어간다. 왜 하루살이는 겨우 두 시간의 사랑을 하는 것으로 끝내는 것일까? 거북이나 앵무새 같은 것은 백년 이상을 산다고 하는데 말이다. 왜 꼬치고기나 잉어에게는 300년의 삶이 주어지고, 바이런이나 모차르트에게는 30년의 인생밖에 부여되지 않았을까? 이처럼 우리들에게 "신의 뜻은 추측하기 어려운 것"이다.

인간의 평균수명은 1세기 전까지는 대개 40년이었지만 오늘날 고도로 발전한 나라에서는 70년에 가까워 있다. 이것은 대단한 변화이다. 이대로 간다면 전쟁이나 혁명이 위생학의 진보를 저지하는 일이 없는 한 다음 세기에는 백세까지 사는 것이 당연하게 될 것이다. 그렇다고 해서 문제의 근본이 변하는 일은 없을 것이다.

자연과 가까이 살고 있는 사람일수록 노년에 대해서 잔혹하다. 늙은 늑대가 존경받는 것은 먹이를 뒤쫓아가서 그것을 죽일 수 있는 동안뿐이다. 키플링은 《정글 북》 속에서 나이 들고 힘도 없어진 늙은 늑대를 따라 적과 싸우지 않으면 안 되는 젊은 늑대들의 분노를 그리고 있다. 이 늙은 늑대 아케라가 노루를 잡으려다가 실패한 날이 그의 최후의 날이었다. 이가 빠진 이 늙은 늑대가 무리에서 떨어져나가자 한 마리의 젊은 늑대가 사정없이 그를 물어 죽인다.

미개 민족은 이 점에서 동물에 가까운 행동을 한다.

아프리카를 여행한 어떤 사람은, 한 추장이 벌벌 떨면서 금세 울음을 터뜨릴 것 같은 목소리로 "나에게 머리칼을 염색하는 물감을 좀 주십시오. 머리칼 희어진 것이 알려지면 나는 죽습니다."라고 말했다고 전한다. 남반구의 어느 군도에 사는 민족 사이에서는 일가친척이 노인을 야자나무 꼭대기까지 올라가게 해서 나무를 흔들어댄다. 아직 나무를 붙들고 매달릴 수 있는 힘이 있는 자는 살 수 있는 권리가 있으며, 만약 나무에서 떨어진다면 그 노인은 재판에 회부되어 동시에 형(形)의 집행도 끝난다는 것이다.

이 얼마나 난폭한 방법인가 하는 생각도 들지만 우리들의 세계에도 야자나무는 있다. 정치가, 작가, 배우는 연설, 강연, 출연 따위의 테스트를 받은 뒤에 갑자기 세상으로부터 "이제 저 사람은 틀렸어."라는 말을 들을 때가 있다. 대개의 경우 그것은 죽음의 선고와 다름없다. 왜냐하면 은퇴하면 생활은 비참하게 되고 실의는 병을 몰고 오기 때문이다. 장군에게는 전

늙어가는 자연의 모습

쟁이 야자나무이다. 또한 늙은 바람둥이에게는 젊은 여성이 미끄러지기 쉬운 위험한 야자나무다. 그 옛날에 대신들의 관절이 건강한지를 시험하기 위해 불이 활활 타는 테두리를 빠져나가게 했다는 임금은 야자나무류의 정치를 실행했던 것이다.

좀더 개화된 민족이라면 노인이 인위적으로 죽음을 당하는 일은 없지만 더러 냉혹한 취급을 받는 데에는 변함이 없다. 몽테뉴는 다음과 같은 무서운 이야기를 쓰고 있다. 어린 소년이 나무를 깎아서 큰 밥그릇을 만들고 있는 것을 보고 그의 아버지가 그것을 어디에 쓰려고 그러느냐 물어보자, 소년은 "아버지가 할아버지처럼 나이가 들었을 때에 대비해서입니다." 하고 대답했다. 또다른 얘기로는 아들이 늙은 부친의 머리칼을 움켜잡고 문간까지 끌고가자 갑자기 노부가 고함을 질렀다.

"이제 그만해라! 나는 내 아버지를 여기까지밖에 끌고나가지 않았단 말이다!"

나이 드는 기술

농민의 세계는 자연에 가까우니만큼 체력은 아직도 많은 경우 세대와의 관계를 따지는 중요한 쟁점이 되어 있다. 도시화된 사회에서는 우선 그 사회의 연령이 문제이다. 혁명이 일어났을 때라든가, 급격한 변화의 시대에는 젊은 사람이 우위에 서는 것이 확실하다. 왜냐하면 젊은 사람은 순응이 빠르고 반사신경도 뛰어나기 때문이다. 프랑스 대혁명이 일어났을 때 낡은 세대는 전쟁은 직업 군인이 하는 것이라고 생각하고 있었던 반면, 젊은 세대는 대중전(大衆戰)이라는 것을 이해했다. 젊은이는 어제는 자동차를 운전하고 있다가 오늘은 비행기를 조종해 보인다. 문명사회가 흔들림없이 굳게 뭉쳐 있을 때와는 달리 오늘날과 같이 심각한 위기의 시대에는 이미 확보해놓은 지위나 연공이나 돈이 젊은이의 앞을 가로막아 서는 일은 없다. 여기서는 젊음이라는 것이 유일한 힘이다. 그리고 젊은이들에게 단순명료한 목표를 제시하고 위대하고 순진한 희망을 안겨주는 예언자가 지지를 받는 것이다.

늙어가는 자연의 모습

그에 비해 오래된 풍요한 사회에서는 노인의 지배 경향이 강하다. 내각에서도, 참모본부에서도 지휘봉을 흔드는 사람은 노인이다. 왜냐하면 오랫동안 변화라는 것을 모르는 사회에서는 경험이야말로 실로 귀중한 보물이기 때문이다. 영국처럼 선례를 중요시하고 관습에 따라 정치를 하는 나라에서는 장수하는 것이 무엇보다도 미덕이다.

지난날 중국에서는 노인이야말로 기사도적인 경애를 받고 있었다. "머리에 흰 것이 섞여 있는 사람이 무거운 짐을 가지고 길을 걷는 일이 있어서는 안 된다."고 중국 사람은 입버릇처럼 말하고 있었던 것이다. 나이가 든 양친을 즐겁고 기쁘게 해주는 것을 모두가 가장 염두에 두고 있었으며, 어버이의 임종을 지켜보지 못하는 것이야말로 비극 중의 비극이었다.

사람이 모인 곳에서 발언하는 일은 노인에게만 허용되어 있었다. 그리고 노인은 그의 자녀들과 같이 살면서 깊이 존경받고 있었다. 또한 젊은 부부의 생활에 노인이 간섭하는 것은 당연한 것으로 여겨져왔다. 중국 각 지방의 학교에서 사용되고 있었던 책에는 다음과 같이 씌어져 있다.

❦ 자녀들은 누구든지 여름 동안은 부채를 들고 부모 옆에 앉아서 더위를 덜어주고, 파리나 모기를 쫓아주어야 합니다. 겨울이면 남자아이는 양친의 이불을 따뜻하게 하고 난로의 불이 꺼지지 않도록 항상 배려하지 않으면 안되며, 벽에는 구멍이나 금이 가 있지 않은가? 창문은 열려 있지 않은가를 잘 주의해서 부모가 감기에 걸리지 않도록 조심해야 합니다. 하루종일 양친이 기분좋게 그리고 즐겁게 지낼 수 있도록 배려해야 합니다.

이러한 감정이나 동정을 지금 현대 중국에서는 그리 볼 수 없게 되었다. 젊은 정치체제 밑에서는 어디에서든 조상 전래의 지혜 같은 것보다 힘 있는 편이 가치를 지닌다. 어떠한 정치체제도 언제까지나 젊은

늙어가는 자연의 모습

그대로 있을 수는 없다. 정치체제가 나이를 먹기 시작하면 성숙한 인간이 존중받게 된다. 그리고 다음에는 노인이 존경받게 되는 것이다.

그러나 젊음이 제일이라는 방침으로 그 지위를 굳힌 지도자 자신도 젊음을 잃어버리기 시작하면 나이 든 늑대처럼 오랫동안 자기의 노추(老醜)를 숨기려고 애를 쓴다. 즉 몸의 자세나 모양이 추악하게 보이지 않도록 신경을 쓰며 젊은이처럼 대담하고 격렬한 거동을 한다. 폭력과는 이미 거리가 먼데도 난폭한 일을 해보인다. 그러나 조만간에 시간은 그를 상원의원으로 만들고 다음엔 싸늘한 시체로 만들어버리는 것이다.

이러한 식으로 젊은이의 지배와 노인의 지배가 자연의 리듬을 따라 교체한다. 이에 대해서 무엇을 요구한다는 것인가? 기도를 해도 소용없다. 해결은 상황이 해주는 것이다. 급격한 변화나 새로운 발명에 대해서는 젊은이의 승리를, 안정과 견고한 전통에 대

나이 드는 기술

해서는 노인의 위엄을, 모름지기 많은 세대의 인간을
조종하는 가장 좋은 정책은 호머의 무인들이 채택하
고 있었던 것이다. 군대를 지휘하며 활약하는 것은
젊은 영웅들이었으며 그들 옆에는 현인 네스토르[6]가
상담역으로 붙어 있었다.

늙어가는 자연의 모습

3

늙어가는 불행

앞서 기술한 것은 노년의 문제를 사회 전체적으로 본 것이지만 이것을 개인의 문제로 보는 경우, 이야기는 좀더 복잡해진다. 늙음은 여러 가지의 곤란한 사태를 이끌고 다가온다.

그런 것들은 극복하기가 어려운 것일까? 나는 그렇게 생각하지 않는다. 그러나 그것들을 극복하기 위해서는 우선 문제를 정면으로 똑바로 보고 달라붙을 필요가 있다. 따라서 이제부터 늙어가는 데 수반하는 가지각색의 괴로움을 모두 헤아려보려는데, 그 때문에 극히 어두운 묘사를 하지 않으면 안 되겠다. 이 불

길한 전망이 펼쳐지는 동안 제발 겁을 먹지 않기를
바란다. 나는 의사처럼 행동하고 또 표현하고 싶다.
즉 주의를 요하는 위험한 병에 걸린 환자에게 "조심
하지 않으면 이제부터 내가 말하는 것처럼 됩니다."
라고 말하고 증상이 서서히 악화하는 상태를 늘어놓
는다. 그리고 이렇게 부언하는 것이다. "그러나 이러
이러한 예방을 하면 그러한 일은 전혀 일어나지 않습
니다."라고. 따라서 이제부터의 묘사는 앞으로 일어
날 수 있는 늙은이의 불행이지만, 그것을 예방할 수
있는 사람에게는 일어나지 않는다.

그런데 육체가 나이를 먹는다는 것은 예외적인 몇
몇 사람들을 제외하면 처음으로 모터가 피로해지는
것과 같은 이치다. 적당한 시기에 잘 점검하고 손질
을 해서 수리하면 또다시 충분히 쓸모가 있다. 그러
나 결국에는 이미 본래의 몸이 아니라고 할 때가 온
다. 그렇게 되면 지나친 무리를 해서는 안 된다. 어떤
연령에 도달하면 몸을 움직이는 것이 괴롭고 귀찮아

진다. 이따금 손끝으로 하는 일도 불가능하게 되고 머리를 쓰는 일도 완성해보면 고르지 못한 것이 되어 있다. 그러나 최후까지 자기의 재능을 완전히 살릴 수 있는 예술가도 있다.

볼테르는 65세에 《캉디드》를 썼고, 빅토르 위고는 만년에 누구보다도 아름다운 시를 창작했으며, 괴테도 《파우스트》 제2부의 훌륭한 종장을 만년에 썼다. 바그너는 69세 때 《파르지팔》을 완성했다. 현대의 예로는 71세의 폴 크로딜이 25세 때 작품 《마리아를 향한 고백》을 말년에 전부 다시 썼던 적이 있다.

이와는 반대로 영감의 샘이 예상 외로 빨리 말라버리는 예술가도 있다. 그들은 대부분 고뇌에 가득 찬 청춘시대의 정열에서 재능의 힘을 입고 있으며 외부세계에는 한 번도 관심을 보이지 않았던 사람들이다. 그들은 마음이 침묵을 지키고 있을 때 정신 또한 침묵했던 것이다.

"시간이라는 것은 폭군처럼 사정없이 사람을 늙어

가게 만든다. 죽음이라는 것으로 협박하며 청춘의 모든 쾌락을 빼앗아간다.”라고 라 로슈푸코는 말하고 있다.

우선 첫째로 쾌락 중에서 제일 강렬한 것은 사랑의 쾌락이다. 늙은 남자나 여자는 젊은 사람으로부터 사랑받는 것을 거의 바랄 수 없다. 아무리 마음이 젊은 노인이라도, 또 아무리 얼굴이 젊어 보이거나 육체가 건강한 노인이라도 젊은 사람과 짝을 맺고 같은 연령의 연인들처럼 모든 것이 생각한 대로 일치한다는 것은 불가능하다고까지는 할 수 없지만 상당히 어려운 일이다.

빛나는 반증을 열거할 수는 있다. 괴테와 베티나[7]의 경우가 그렇다. 그러나 괴테는 베티나의 애인은 아니었다. 게다가 또 이러한 성질의 연애에서는 존경과 숭배와 자기 희생이 차지하는 부분이 얼마나 되는가를 생각해볼 필요가 있다. 독자들은 보들레르의 훌륭한, 그러나 잔혹한 다음과 같은 싯귀가 생각날 것이다.

발자크는 사랑에 빠진 노인의 비극을 몇 편인가 썼다. 한때는 아무런 일을 하지 않아도 여자들로부터 인기가 있었는데 지금은 계속 선물을 보내고 무엇이라도 도움이 되는 일을 해줌으로써 겨우 호감을 사는 형편인 노인 곁에 수완 좋은 처녀가 나타나 광기 어린 희망을 품게 만들기라도 한다면, 노인은 그녀 때문에 신세를 망쳐버리고 만다. 마치 유로 남작[8]처럼 여자에게 사랑의 증거를 얻으려다가 타락하고 굴욕을 맛보며 인격마저 상실하기에 이르는 것이다.

이 괴로움을 뼈저리게 체험한 샤토브리앙은 《사랑과 늙음》이라는 무서운 저서를 남기고 있다. 실로 그것은 어떤 방법으로 나이를 먹어야 좋은지를 모르는, 연애하는 늙은 사나이의 비통한 탄성이며 괴로운 외침이다. "여자를 너무 좋아한 남자가 받는 벌은 언제까지라도 여자를 좋아하지 않으면 안 된다는 것이다." 그리고 남자를 너무 좋아한 여자가 받는 벌은 가끔 젊은 남자가 자기 쪽을 뒤돌아보면서 놀란 듯한 소리로 "저 여자 옛날에는 미인이었을 거야."라는 말을 듣는 것이다.

마음부터 늙어가는 사람도 적지 않다. 나이가 들면 이상하게도 마음이 메말라버린다. 아마 그것은 육체의 욕망이 시들고 정열을 강하게 지탱하는 것이 없어지기 때문일까. 혹은 인생의 허무함을 깨달았기 때문에 욕망도 애정도 시들었기 때문일까. 어쨌든 노인들의 자기중심주의에는 놀라지 않을 수 없다.

어필은 일생을 유니스와 더불어 지냈다. 유니스는 27세 때 어필을 만났는데, 어필은 유니스에게 남편 곁을 떠나도록 했다. 그럼에도 그녀와 결혼을 하지

않았던 것은 어필도 이미 아내가 있는 몸이었기 때문
이다. 유니스는 그를 위해서 가정을 희생하고 자기
자식과 세상의 평판과 그리고 친구들마저 희생했다.
그리고 그의 쾌락과 사업과 출세를 위해서 노력했다.
사랑이 결합된 후에는 긴 우정의 세월이 흘렀다. 그
가 80세가 되고 그녀가 70세가 되어서도 매일 얼굴을
맞대었다. 이윽고 그녀가 세상을 떠나자 두 사람의
관계를 알고 있던 사람은 모두 홀로 남은 어필을 불
쌍히 여겼다. 그는 갑자기 기운을 내보려고 애썼던
것이다. 나이를 먹어서 사랑할 수도 없어졌을 뿐만
아니라, 슬퍼할 수도 없게 되었기에.

　이러한 노인의 자기중심주의는 많은 우정을 멀리
해버린다. 만일 그에게 인간적인 다사로움이라는 것
이 있다면 그것이 인생 경험과 결합되어서 젊은 사람
을 매혹시킬 수도 있겠지만, 그에게는 전혀 없었다.
수전노 같은 근성은 노인의 병이다. 그 이유는 첫째,
생활이 궁핍해지는 것을 두려워하기 때문이다. 노인

은 수입이 줄어들 것을 염려하고, 지나친 노동은 힘
들어서 하지 못한다고 생각하고 있다. 그러기에 지금
가지고 있는 재산에만 매달려 붙는다. 모든 돌발적인
사건을 가상하여 헤아릴 수 없을 정도로 많은 장소를
찾아 몇 겹으로 장치해서 다른 사람은 절대로 찾지
못하도록 돈을 숨겨놓는 것이다. 그러나 생활의 불안
만이 수전노를 만든다고 단언할 수는 없다.

　인간은 누구나 무엇엔가 정열을 갖지 않고는 못 배
긴다. 그런데 돈을 모으는 정열은 모든 연령의 인간
이 가질 수 있는 것이다. 이 정열에는 짙은 쾌락도 있
는 것 같다. 돈을 셈하고 주무르고 주가(株價) 동향이
나 귀금속 시세에 신경을 쓴다. 육체는 쇠퇴해도 아
직 무엇인가의 힘을 손아귀에 넣을 수 있는 것이다.
인색한 근성에서 지출해야 하는 것을 차례차례 삭감
해나갈 때, 정열적인 수전노는 놀랄 만한 도취감을
맛본다. 이상의 일에 대해서는 《외제니 그랑데》[9]를
읽어보라.

라 브뤼예르[10]는 다음과 같이 쓰고 있다.

✿ 노인은 언젠가 필요할 것이라고 생각해서 돈을 긁어모으는 것이 아니다. 왜냐하면 그러한 염려는 조금도 하지 않아도 될 정도의 저축을 이미 가지고 있는 늙은 수전노도 있기 때문이다. 게다가 또 저들이 편안한 생활을 할 수 없게 된다고 해서 두려워할 이유가 있을까. 수전노 근성을 만족시키기 위해 자기 자신의 생활을 고통스러운 것으로 만들고 있는 것은 아닐까. 따라서 이 악덕은 오히려 노인이라는 연령과 기질에 그 원인이 있다. 실제로 노인들은 청춘시대에 연애의 쾌락을 추구하고 있었던 것처럼, 또 장년기에 야망을 좇고 있었던 것처럼, 지금은 아주 자연스럽게 인색에 골똘하고 있지 않은가. 수전노가 되기 위해서는 힘도 젊음도 건강도 필요하지 않다. 그저 재산을 금고 속에 넣어두고 모든 외계와 단절해버리면 그만이다. 그렇기 때문에 이것은 노인에게 걸맞은 정열이다. 노인 역시 인간이기 때문에 정열이 필요한 것이다.

마지막으로, 정신의 결점은 외모의 결점과 마찬가지로 나이와 더불어 점점 커진다. 새로운 사상은 이미 그것을 소화할 힘이 없기 때문에 받아들이려고 하지 않고 완고하게 고집을 피워 노인의 선입관에 매달린다. 자기는 경험이 있고 잘났다고 생각하고 있기 때문에 어떠한 문제라도 자기 생각대로 될 것이라고 확신한다. 그러다가 반박이라도 당하면 웃사람에 대한 예의를 저버렸다고 벌컥 화를 낸다. 마치 어린애처럼 막무가내로 성질을 부린다.

"우리들은 웃사람에게 대들지는 않았어."라고 호통친다. 그런데 실은 자기가 젊었을 때 똑같은 이야기를 아버지한테 들은 기억을 잊어버리고 있다.

지금 눈앞에 일어나고 있는 것에는 흥미를 갖지 못하고, 새로운 사고방식을 가질 여유도 없기 때문에 입에 올리는 화제는 언제나 똑같다. 사실상 그것은 그의 청춘시대의 즐거운 일화이기도 하겠지만 너무 거듭 이야기하고 들려주니까 그의 뒤를 따라오는 젊

나이 드는 기술

은 사람들에게는 따분하고 싫증이 난다. 그의 이야기를 듣고 있는 동안에 젊은이는 하품을 하고 서로 얼굴을 마주 보며 멋쩍게 웃는다. 그러다가 아주 그에게서 떨어져나가고 만다. 그러면 고독이라는 늙은이 최초의 병이 시작된다. 인생의 친구를 한 사람 한 사람, 그리고 마지막에는 모두 잃어버리고 만다. 노인의 주위에는 차츰 사막이 펼쳐진다. 그는 죽음이라는 것을 바라는 것 같지만 그의 아주 가까이에서 말없이 그를 위협하고 있는 죽음을 또한 무서워한다.

톨스토이는 다른 모든 면에서와 마찬가지로 늙는다는 것에 대해서도 지극히 정확한 묘사를 했다.《전쟁과 평화》의 끝부분에서 나이 먹는 방법이 서투른 늙은 여인의 소름끼치는 모습을 이렇게 그리고 있다.

❧ 아들과 남편이 잇달아 죽은 뒤 그녀는 자기가 인생에 아무런 목적도 없이 마침내 이 세상에서 내버려진 인간처럼 느껴졌다. 먹고 마시고 자고 또 밤샘도 하지만 생활을

하고 있다고는 말할 수 없었다. 인생으로부터 아무런 감동도 받지 못했다. 그녀가 인생에서 구하려고 하는 것은 안정뿐이었다. 그리고 진정한 안정은 오직 죽음을 통해서 얻을 수 있을 뿐이다. 그러나 죽음을 기다리는 동안은 그녀도 살아야만 한다. 즉 생명력을 소모하지 않으면 안되었다. 그녀에게는 어린아이나 상당히 나이가 든 노인에게서 흔히 볼 수 있는 현상이 뚜렷하게 나타났다. 즉 그녀의 생활에는 표면적인 목적이라는 것이 전혀 없었다. 다만 갖가지 취미와 능력을 녹슬게하지 않으려는 욕구가 보일 뿐이었다. 그녀에게도 먹고 싶다, 잠자고 싶다, 울고 싶다, 말하고 싶다, 일하고 싶다, 화를 내고 싶다는 욕망이 있었다. 그러나 그것은 단순히 그녀에게 위나 뇌, 근육, 그리고 신경이나 간장이 있기 때문이었다. 게다가 그러한 짓을 하는 것도 외부로부터의 자극에 의해서가 아니었다. 또 인생의 전성기에 있는 사람이 오직 하나의 목적을 향해 외곬으로 달리기 위해서 그 밖에 힘써야 할 목적을 모른다는 것과도 달랐다. 그녀가 누구와 이

야기를 하는 것은 단지 폐나 혀를 운동시키고 싶다는 육
체적인 욕구가 원인이었다. 어린애처럼 우는 것도 콧물
을 닦을 필요가 있기 때문이었다.

　이와 마찬가지로 아침, 특히 그 전날 기름기 있는 것을
먹은 아침이면 그녀는 어쩐지 화가 치밀어올라오는데,
그때는 벨로바 부인이 귀먹었다는 것이 그 구실이 되었
다. 또 하나의 구실은 냄새 맡는 담배였다. 즉 그 담배가
너무 꺼칠꺼칠 말라 있다고 화를 내고, 너무 젖어 있다든
가 잘 부스러지지 않는다고 화를 내는 것이다. 그렇게 한
바탕 화풀이를 한 후에는 얼굴에 담즙이 올라오기 때문
에 이 정확한 징조에 의해 그녀의 하녀들도 자, 이번에는
언제 벨로바 부인의 귀가 들리지 않게 되는가, 언제 담배
가 축축이 젖어서 마나님의 얼굴이 노랗게 되는가를 아
는 것이었다. 담즙을 체내에 흘릴 필요가 있었던 것과 마
찬가지로 아직도 남아 있는 사고능력을 때로는 써보지
않으면 안 되었다. 그것을 위해서는 트럼프로 혼자 점을
치기도 했다. 울고 싶을 때는 죽은 백작에 관한 것을 사

람들에게 이야기했다. 무슨 걱정이라도 하고 싶으면 니콜라스와 그의 건강에 관한 것이 구실이 되었다. 누군가를 괴롭혀주고 싶을 때의 상대는 마리아 부인이다. 목소리가 녹스는 것을 막고 싶다고 생각할 때(그것은 보통 저녁식사 후 한숨 돌리고난 6시 이후 무렵이었다.) 그 구실은 언제나 똑같았으며 그것을 언제나 같은 사람이 들어야 했다. 누구도 노골적으로 말하는 사람은 없었지만 집안 사람들은 모두 노부인의 이러한 상태를 알고 있었다. 그리고 될 수 있는 한 그 욕구를 채워주려고 노력하고 있었다. 다만 니콜라스와 피에르와 나타샤와 그리고 마리아가 가끔가다가 주고받는, 절반은 미소를 띠고 절반은 슬픈 듯한 눈길만이 서로 노부인의 상태를 어떻게 생각하고 있는가를 말하고 있었다.

그러나 이 눈길은 다른 사실도 말하고 있었다. 그녀는 이미 이 세상에서 해야 할 일을 완수한 것이다. 지금 보고 있는 그녀의 모습이 그녀의 전부는 아니다. 누구라도 언젠가는 그녀처럼 되어버릴 것이다. 한때는 가장이라고 존경받고 생기가 넘쳐 있었는데 지금은 이렇게도 비참한 모습이 되어버린 이 사람에게 참고 따르는 것 또한 하나의 기쁨이 아닐까. 자기들 또한 죽어야 할 몸이 될 것이라고 그들의 눈길은 말하고 있었던 것이다. 다만 집안 사람들 중에서도 심술쟁이와 멍청한 사람들, 그리고 아이들은 사정을 이해하지 못하고 그녀로부터 떨어져나갔다.

늙음의 위험성을 요약해보자. 그것은 우리들을 쇠약하게 만든다는 사실. 차례차례로 쾌락을 박탈해가는 것. 육체와 동시에 마음도 바싹 말라버리게 하며, 모험과 우정도 이미 먼 것으로 만든다는 사실. 그리고 마지막으로 죽는 것을 생각하며 세상이 어둡게 보이는 것이다. 이 얼마나 우울한 그림인가.

4

나이를 먹지 않고 살 수 있을까

나이를 먹는 기술이란 앞서 말한 것 같은 고통이나 병과 싸우는 기술이며 또한 그러한 고통을 당하거나 병에 걸리지 않고 우리들 인생의 마지막 장을 행복한 시기로 끝내는 일이다.

괴로움이나 병과 싸우는 일 ― 이렇게 말을 해보지만 육체에 달려드는 병에 대해서라면 과연 가능한 것일까?

늙는다는 것은 자연스런 생리적 변화이며 피할 수 없는 현상으로 받아들여야 하는 것이 아닐까? 우리들은 앞서 늙는다는 것을 가을의 나뭇잎에 비유해보았다. 〈잎을 떨어뜨리지 않고 그대로 유지하고 싶은 나무〉라는 우화를 써보면 어떨까. 그 나무는 자기의 잎을 붙이고 달고 또 꿰매놓기도 하지만 그것은 아무런 소용이 없다. 운명의 때가 오면 겨울바람이 그 나무를 주위의 나무와 더불어 거무튀튀한 해골로 만들어 버리는 것이다.

그러나 인간의 문명과 경험은 늙음 그 자체에 대해서는 아니라 해도 적어도 노쇠현상에 맞서 싸우는 기술을 가르치고 있다. 장신구의 역할은 실로 거기에 있다. 나이가 든 여성은 대개의 경우 젊은 여성들보다도 의상이나 장신구를 중요시하는데 이것은 극히 당연한 일이라고 본다. 번쩍번쩍 빛나는 보석은 사람의 눈을 끌게 해서 용모의 결점이 눈에 띄지 않게 한다. 아름다운 진주 목걸이의 마치 달처럼 둥글고 윤나는 구슬은 살이 처져 목에 생겨난 주름을 감추어주며 반지의 빛은 주름 진 손을 감추고, 팔찌는 손목이 쇠약해진 것을 숨겨준다. 모자나 귀고리는 미개 민족의 문신

처럼 이야기 상대의 눈을 속여, 이마의 골 깊은 주름
살이나 눈가의 잔주름을 세어보지 못하게 만든다.
　젊은이와 노인의 차이를 눈에 띄지 않게 하려는 것
은 모두 문명적인 산물이다. 역사상 가장 세련된 세
기는 가발을 고안해냈다.[11] 모발이 대머리에 대해 충
성을 맹세했다고 할 것이다. 파우더나 루즈는 젊은
여성과 그 할머니를 가깝게 하고 환자를 건강한 사람
처럼 보이게 한다. 의상실이나 미장원이 한밑천 잡으
려고 생각한다면, 나이가 든 여자들에게 무엇인가 희
망을 주는 듯한 유행을 만들어내는 것 이상이 없다.
어느 나이를 넘기면 어떠한 옷을 입어야 할까 고민하
게 되는데 그것은 어떤 수법으로 자신의 추함을 숨겨
야 할까 생각하는 것과 똑같다. 그리고 그것 또한 문
명의 한 가지 형태이다. 베일을 생각해낸 것은 얼굴
모습이 분명히 보이지 않게 되고 그 때문에 모든 여
성이 현실을 벗어난 미녀로 보이게 하는 훌륭한 발명
이었다. 상신구는 모두가 이 베일과 마친가지다. 나이

나이를 먹지 않고 살 수 있을까

들면서 조금씩 쇠퇴하는 것을 다소나마 숨기려고 하는 것이다.

언젠가는 과학의 진보에 의해서 나이가 들어도 육체가 쇠약해지는 일도 없고 병도 들지 않게 되는 날이 과연 올 수 있을까? 과학은 진정으로 젊어지게 하는 샘을 발견해낼 수가 있을까? 인간의 연령은 생년월일에 의해서가 아니고 동맥이나 관절의 연령에 의해서 결정된다고 흔히들 말한다. 50세의 사람이 70세의 사람보다 늙어 보이는 일이 실제로 있는 것이다. 따라서 생리적으로 세포를 보다 젊은 상태로 환원시키면 전신에 젊음을 되찾을 수 있게 될 것이다. 생물학자들은 하등동물에 대해서 벌써 그러한 실험을 했었다. 단순한 생물, 예를 들면 대서양에 서식하는 피낭류(被囊類)를 채취해서 소량의 바닷물에 오랫동안 넣어두면 자기 자신의 배설물로 중독을 일으켜 급속히 노화한다. 그런데 매일 물을 갈아주면 노화는 정지하는 것이다. 우리들의 세포 노화도 아마 배설물의

축적에 의한 것으로 적당한 간격을 두고 그것을 씻어 내버리면 수명은 좀더 길어질지도 모른다.

또 동물이나 인간에 어떤 기관을 이식하거나 어떤 종류의 호르몬을 주사해서 젊어지게 하는 방법도 시도되고 있다. 나이가 든 쥐에게 그러한 처치를 하면 몸에 윤기가 나기 시작하며 보기에도 아름답고, 다시 활발하게 움직이며 사랑의 행위도 하게 된다. 그 효과는 1개월이나 지속되고 4회까지 이 수술을 되풀이할 수 있다. 이렇게 해서 쥐의 수명은 약 1.5배로 늘고 그만큼 쥐는 행복하게 되는 것처럼 보인다. 그러나 이 방법도 되풀이할 때마다 그 효과의 지속기간이 짧아지고 노화가 빨라진다.

숫양에 관한 보로노프 박사의 실험[12]은 잘 알려져 있는 바대로이다. 같은 방법도 인간에 대해서는 효과가 그다지 확실하다고 말할 수는 없다. 그러나 건강에 조심하기만 하면 80세까지, 아니 좀더 오래 살 수 있는 오늘날, 그러한 것은 큰 문제가 아니라고 생각된

나이를 먹지 않고 살 수 있을까

다. 대체로 그 이상 살아보려고 애쓰는 사람이 과연 얼마나 있을까?

80년 동안에 사람은 볼 만한 것은 다 보아버린다. 연애도, 사랑의 종말도, 야망도 그리고 욕망의 공허함도. 주의 주장에 열중했던 일도 두서너 번, 이제는 그것도 싫증이 났다. 죽음의 공포도 이미 그다지 크게 느끼지 않는다. 애정을 쏟을 만한 사람들은 거의 세상을 떠났고, 즐겁고 그리운 일들은 이미 과거의 일이다. "홀로 남겨진 나는 신화 속의 인물 같은 느낌이 든다."라고 괴테는 술회했다.

연속 상영하는 영화관에서는 생각하기에 따라서 관객은 아침부터 밤까지 몇 번이라도 같은 영화를 보고 있어도 괜찮을 것 같다. 그러나 실제로는 한 번 본 장면이 다시 나오면 따분해서 자리를 뜨게 된다. 인생이란 똑같은 영화를 상영하는 것과 다름없다. 똑같은 뉴스 영화가 30년마다 되풀이된다. 따분해진 관객은 한 사람 한 사람씩 자리에서 일어나 퇴장해가는 것이다.

나이 드는 기술

영국의 작가클럽이 웰스[13]의 70세 탄생일을 축하했을 때의 일이다. 웰스는 그들 앞에서 일장 연설을 했는데 그 속에서 "이렇게 축하를 해주니, 제가 어렸을 때 유모로부터 '자, 헨리 도련님, 이젠 주무셔야 할 시간이어요.'라는 말을 들었을 때의 기분이 생각납니다." 하고 말했다. 취침시간이라는 말을 들은 어린이는 일단 못마땅한 얼굴을 하지만, 실은 잠이 올 때 침대야말로 가장 좋은 휴식장소라는 것을 잘 알고 있다. 웰스는 이렇게 덧붙여 말했다.

"죽음은 다정스럽지만 엄격한 유모입니다. 시간이 되면 우리 옆에 다가와서 '자, 헨리 씨, 이제는 잠을 자야 할 시간입니다.' 라고 알려줍니다."

우리들은 이에 약간 저항한다. 그러나 실은 휴식할 때가 벌써 와 있다는 것을 알고 있다. 그리고 진정 그 휴식이야말로 우리들이 마음속으로 바라며 원하고 있던 것은 아닐까.

나이를 먹지 않고 살 수 있을까

5

능숙하게 나이를 먹는다는 것은 가능한가

인생의 기간이 한정되어 있다는 것을 별로 슬프지 않게 받아들인다고 치고, 적어도 심신 모두 건강하게 종점에 도달하기를 바란다면, 그것은 과연 가능할까? 가능하다고 장담할 수 있다.

앞서 우리들이 말한 것 같은 불행과 병이 노년에는 틀림없이 따라다닌다고 생각하는 것은 잘못이다. 동물들을 자세히 보자. 대부분 큰 변화 없이 생에서 죽음으로 옮겨간다. 잘 훈련된 육체는 유연함과 아름다움을 오랫동안 잃지 않고 계속 유지할 수 있다. 그 비결은 절대로 포기하지 않는 것이다. 어제 할 수 있었던 일은 오늘도 할 수 있다. 그러나 한번 중단하면 그것은 영구히 안 되는 것이다. 끊임없는 훈련은 경탄할 만한 성과를 낳게 한다.

70세가 되어서도 여전히 매일같이 검도나 테니스 또는 수영이나 권투를 하고 있다는 노인은 많다. 끝까지 몸 움직이기를 중단하지 않는 것만이 현명한 길이다. 단 일시적으로 생각날 때만 해서는 아무런 소용이 없다. 일단 시작된 노화는 저지할 수 없다. 그러나 늙음이 우리들의 육체에 파고들어오는 것을 방지하는 것은 극히 쉬운 일이며 또한 그쪽이 얼마나 더 바람직스러운지 모른다. 몽테뉴도 이렇게 말하고 있다.

🍂 인간의 몸이 여러 가지로 상태가 나빠지는 것을 늦추려고 하거나 또 그에 대비하려고 하는 것은 대단히 바보스런 일이다. 나는 노인이기 이전에 노인이 되기보다도 오랫동안 노인으로 있기를 바라는 편이다.

그러므로 아직 그때가 되어 있지도 않은데 자기 육체에 대해서 체념해서는 안 된다. 또한 감정적인 면에서도 단념해서는 안 된다. 육체와 마찬가지로 마음도 훈련이 필요하다. 물론 느끼지 못하는 것을 느끼게 하려는 것은 아니다. 그러나 늙은 사람이라는 이유만으로 진정 마음에 느끼는 것을 억제할 필요가 있을까. 노인의 연애는 우스꽝스럽다는 것인가. 그러나 그것은 자기가 노인이라는 것을 잊어버리고 있기 때문에 우스꽝스러울 뿐이다. 진심으로 사랑하고 있는 노부부는 조금도 우스꽝스럽거나 이상할 것이 없다. 서로의 마음속에 담겨 있는 지난날 젊었을 때 사랑을 지금도 계속 들여다보고 있는 것이다. 부드러움, 애정, 존경의 감정에는 연령이 없다. 뿐만 아니라 태풍의 시기가 지나고 나서야 비로소 지난날에는 불완전한 점도 있었던 사랑이 나이와 더불어 불순물을 씻어버리고, 화려하지는 않지만 아름다운 맛을 띠는 일이 흔하다. 관능의 오해는 관능과 더불어 사라져간다. 질

능숙하게 나이를 먹는다는 것은 가능한가

투심도 젊음과 더불어 없어진다. 폭력도 육체의 힘과
더불어 지나가버린다. 세월은 격정에 몸을 맡기고 있
던 두 사람을 매력 있는 노인으로 만들 수도 있다. 부
부의 인생이란 그렇기에 강물의 흐름과도 같다. 수원
에서 갓 흘러나온 물은 사방에 물방울을 튕기는 위험
한 급류였지만 하구 가까이까지 오면 흐름도 완만하
고 맑고 아름다운 강이 되어 넓은 거울 같은 수면에
는 강변의 미루나무, 밤하늘의 별들이 그 모습을 비
추는 것이다.

　노인의 사랑도 젊은이의 연애와 같은 정도로 감동
적이고 진지한 것일 수 있다. 거기에는 깨끗한 우정
과 동시에 연정이 낳는 심한 불안이나 다정한 배려도
있다. 빅토르 위고는 장님이 된 레카미에 부인과 중
풍에 걸린 샤토브리앙이 같이 사는 것을 보고 깊이
감동했다고 술회하고 있다.

❧ 매일 두 시가 되면 샤토브리앙 씨는 레카미에 부인의 침

대까지 하인의 도움을 받아 이끌려오는 것이었다. 그것
은 감동적인 정경이었다. 눈이 보이지 않는 여인의 손은
손발이 마비된 남자를 찾아 더듬는다. 두 사람의 손이 허
공에서 마주친다. 이 얼마나 기쁜 일인가. 생명의 불꽃은
곧 꺼지려 하고 있다. 그러나 아직도 두 사람은 서로 사
랑할 수가 있는 것이다.

신실한 사랑은 늙음도 극복할 수가 있다. 디즈레일
리[14]는 브랫퍼드 부인을 한 번 보고 싶어서 매일밤 사
교계를 뒤지고 다녔다. 칙서 전달자는 마치 부인의
녹을 먹고 있는 하인과 같았다. "하루종일 옆에 대기
시켜도 괜찮습니다. 무엇이든 분부를 내리십시오."
확실히 브랫퍼드 부인은 디즈레일리를 상당히 괴롭
혔다. 그러나 사랑 없이는 살 수 없는 기질을 지니고
있는 그에게 부인은 인생 최후의 꿈을 안겨주었던 것
이다. 애교로 노인에게 환상을 품게 히고 청년 같은
순진한 고민을 끌어안고 조용히 숙음의 장소까지 데

려다주는 것, 그것은 여성의 역할이다. 마치 꺼졌으리라고 생각한 장작불이 별안간 탁탁 소리를 내며 타오르듯이, 이미 꺼져버렸으리라고 생각하고 있던 감정이 놀랄 정도로 불꽃을 올리며 빛나는 모습을 우리들은 몇 번이나 보아오지 않았는가.

그러나 감정 충만한 생활이 반드시 연애에 한정된 것은 아니다. 오히려 대개의 경우 자기 자식이나 손자들에 대한 애정만으로도 노인의 생활을 충족시키는 데에는 충분하다. 자기의 아들 또는 딸이 이번에는 그들의 차례가 되어서 인생의 길을 걷는 모습을 바라보는 것은 제법 즐거운 일이다. 그들의 행복을 같이 기뻐하고, 그들의 괴로움을 같이 괴로워하며, 그들의 사랑을 같이 느끼고 그들의 투쟁에도 참가한다. 그들이 우리들을 대신해서 인생이라는 경기를 해주고 있는데 어찌 그 경기에서 물러날 생각을 할 수 있을까. 그리고 그들이 쾌락을 즐기고 있는 한 어째서 그 경기에서 물러날 생각을 할 수 있을까. 그리고 그

들이 쾌락을 즐기고 있는 한 어째서 우리들은 쾌락이
중단되었다고 생각할 수 있단 말인가. 난생 처음 서
커스에 가본 기쁨 다음에 오는 커다란 기쁨은 자기의
아이들을 서커스에 데리고 가는 일이 아닌가.

　마음에 드는 시인을 발견한 행복감에 이어지는 커
다란 행복감은, 자기의 아이들이 그가 골라준 책을
읽고 감탄과 기쁨의 표정을 얼굴에 떠올리는 것을 바
라보는 것이 아닐까. 나이가 들고 쾌락도 없어진 몸
으로서는 많은 재물도 이제 그다지 큰 즐거움을 주지
않는다. 그러나 그 돈을 써서 사랑하는 이들의 눈을
기쁨으로 빛나게 하는 것은 무엇과도 바꿀 수 없는
기쁨이 아닐까.

　할아버지나 할머니와 손자가 어버이와 자식보다
강한 정으로 결합될 수도 있다. 노인은 세상의 잡다
한 일에서 해방되어 있기 때문에 또다시 어렸을 때의
가벼운 마음과 자유로운 기분으로 되돌아와 있다. 언
제라도 같이 놀아줄 수 있으며 옛 이야기를 들려주기

도 하고 상담 상대가 되어줄 수도 있다. 그리고 어린
이의 체력은 노인의 체력과 알맞게 균형을 이루고 있
다. 자기의 아들과는 같이 뛸 수 없지만 손자의 손을
잡고 아장아장 걸어갈 수는 있다. 인생 최초의 걸음
과 인생 최후의 걸음은 리듬이 똑같다. 최초의 산책
과 최후 산책의 종점은 같은 원주 위에 있다.

　노인은 반드시 고독하게 된다는 것 역시 진실이 아
니다. 수전노로서 자기의 일만을 생각하고 뽐내고 바
보 같은 말만 되풀이하는 노인이라면 그럴 수도 있을
것이다. 그러나 반대로 자기 속에 있는 노인 특유의
결점을 깨닫고 그것과 싸우며 재빨리 그 나쁜 싹을
잘라버리는 현명한 노인, 그리고 호기 있고 겸허하고
게다가 친절한 일을 하려고 스스로 노력하는 노인에
게는 젊은이들이 우정을 느끼고 그 경험을 배우려고
가까이 오는 법이다. 노인에게 있어서 어려운 문제는
자기의 경험을(경험이란 언제나 환멸을 동반한다고는 단
언할 수 없지만 꿈에서 깨어난 것이기 때문에) 어떤 방법

나이 드는 기술

으로 청년들에게 전할 수 있는가이다. 청년들이 품고 있는 정열을 손상시키는 일이 없이 자연스럽게. 그렇다고 경험이 "열정이란 모두 하찮은 것"이라고 가르치는 것은 아니다. 모든 것은 실행 여하에 달려 있다고 가르친다. 과장된 연설이나 말로서가 아니라 큰 일이나 미덕을 행하라고 가르친다. 청년들도 그러한 가르침이라면 그것을 가르치는 데 적합한 노인들에게 귀를 기울이는 법이다.

연령이 80세나 된 리요테는 노장군의 명망을 흠모하여 희망과 교훈을 얻으려고 모여드는 젊은이들에게 언제나 둘러싸여 있었는데, 그것은 정말 아름다운 정경이었다. 메러디드나 말라르메, 베르그송[15] 등을 찾아간 사람들도 틀림없이 무엇인가 훌륭하고 고귀한 사상을 얻고 마음을 풍요롭게 했을 것이다. 많은 친구를 사귀고 있는 노인은 따분함을 모른다.

매년 12월 중순이 되면 나는 모나고 근교 지중해 연안 마을 라튜르비의 높다란 절벽 가장자리 길을 걸어

능숙하게 나이를 먹는다는 것은 가능한가

서 한 채의 아담한 집을 찾아갔다. 로마지방의 농가와 비슷한 그 집에는 가브리엘 아노트 씨[16]가 살고 있었다. 내리막길인 언덕 길가에 2000년을 묵은 올리브 숲이 있는 풍경은 베르길리우스[17]를 상기시켰다. 그리고 오렌지 농장 아래 상당히 경사진 언덕을 농장 주인인 아노트 씨가 85세의 고령에도 불구하고 젊은 사람보다 빠른 걸음으로 올라온다.

그의 목소리가 귀에 쟁쟁하게 울려온다.

"제가 쓰는 말은 루이 15세 때의 프랑스어[18]입니다. 저의 할머니께 배웠죠. 할머니는 또 할머니의 할머니로부터 배웠다고 합니다."

아노트 씨의 양식(良識)에는 그 말의 독특한 스타일과 마찬가지로 오래된 것이지만 새로운 것이 있었다.

"당신이 격려가 필요하다고 느낄 때 기억하면 좋을 교훈 몇 가지를 가르쳐드리죠. 간단한 문구이지만 효력이 있습니다. 즉, '모든 것은 일어난다 (…) 모든 것은 끝을 맺고 해결된다 (…) 그러나 누구도 무엇 하나

나이 드는 기술

능숙하게 나이를 먹는다는 것은 가능한가

알고 있지는 않다 (…) 모두가 모든 사람에 대한 것을
어떻게 말하고 있는지, 만약 모든 사람이 알고 있다고
하면 어느 누구도 다른 사람에 대한 것을 말하지 않
게 될 것이다. (…)'"

　나는 이 마지막 문구가 특히 마음에 들었다. 그리고
그 덕분에 수없이 떠도는 세상의 소문에 대해 조금도
고민하지 않아도 되었다. 아노트 씨는 계속 말했다.

　"특히 무서워해서는 안 됩니다. 당신을 한발짝 물러
서게 만든 쪽 역시 당신을 두려워하고 있습니다."

　이러한 노인이야말로 역사의 연구와 긴 인생 체험
에서 절망이나 무관심이 아니라 마음의 평화와 인간
에 대한 신뢰를 배운 사람인 것이다. 85세의 그는 많
은 계획을 세우고 긴 여행의 일들을 되새겨보며 건물
을 세우고 나무를 심었다.

　이와 마찬가지로 리요테 원수는 식민지 박람회[19]가
막을 내린 뒤 나에게 말했다. "자, 이제부터 나는 무엇
을 할까?" 내가 "아마 틀림없이 얼마 안 있어 정부가

장군님께 적합한 일거리를 찾아주겠지요."라고 대답하자 원수는 소리를 높여서 말했다.

"언제쯤 찾아줄까? 음, 그것도 좋지. 그런데 여보게, 나는 곧 81세가 된다네. 일자리를 얻는다면 지금 당장 시작하지 않으면 안 되지!"

사람은 누구라도 그래야 할 것이다. 늙는다는 것은 "이젠 너무 늦었다, 승부는 이미 끝났다, 무대는 완전히 다음 세대로 옮겨갔다."라고 느끼게 되는 것을 의미한다. 노화에 따르는 제일 나쁜 일은 육체가 쇠약해지는 것이 아니라 정신이 무관심하게 되는 것이라고 나는 앞서 말했지만, 그런 식으로 무관심하게 되는 자기와 싸울 수도 있으며 또 싸우지 않으면 안 된다.

살아야 할 이유를 계속 지니고 있는 사람은 그리 쉽게 늙어버리지 않는다. 파란만장한 인생이라든지, 커다란 감동이라든지, 투쟁, 학문, 연구라든지 하는 것이 피로와 소모의 원인이라고 생각되기 쉽지만 실은

능숙하게 나이를 먹는다는 것은 가능한가

그 반대이다. 클레망소나 글래드스턴[20]은 다같이 80세를 넘기고 일국의 수상이 되었지만 놀랄 만큼 기운이 좋고 건강했다. 늙어버린다는 것은 하나의 나쁜 습관이다. 바쁜 사람은 그러한 버릇을 가질 짬이 없다.

그러면 바쁘고 분주한 사람으로 계속 있기 위해서는 어떻게 하면 좋을까? 일에 몰두함으로써 노화를 피하는 것이 아닐까? 그리고 노인임을 염두에 두는 것은 과연 국가나 기업에 유익한 것일까? 대답은 이렇다. 대개의 경우 사람을 지휘하는 일에 대해서 노인은 젊은이보다 훨씬 능숙하다. 로마를 구한 것은 늙은 파비우스[21]였으며, 또 1914년 세계대전에서는 쌍방 진영 모두 노지휘관이 최전방에서 활약했었다.

🌾 아가멤논은 10명의 아이아스보다도 10명의 네스토르를 동료로 삼고 싶었다.[22] 만약 그것이 가능했다면 당장 트로이를 쳐부술 수 있다고 확신하고 있었다.

나이 드는 기술

　나이가 든 외교관이나 의사는 경험이 풍부하고, 분별력이 뛰어나다. 거기에다 젊은이 특유의 정념으로부터 해방되어 있기 때문에 사건이나 주의 주장을 훨씬 정확히 그리고 냉정히 판단할 수가 있다. 키케로는 이렇게 말하고 있다.

🌿 위대한 일은 힘이나 민첩한 육체에 의해서가 아니라 조언, 권위, 성숙한 지혜에 의해서 성취할 수 있다. 노인은 그러한 것을 잃어버리기는커녕 거꾸로 보다 풍부하게 몸에 지니고 있다.

6

능숙하게 나이를 먹기 위한 두 가지 방법

요컨대 능숙하게 나이를 먹기 위해서는 두 가지 방법이 있다. 첫째는 나이를 먹지 않는 일이다. 우리들이 앞서 묘사한 것처럼 "활동에 의해서 노화를 모면할 수 있는 사람"이 바로 여기에 속한다. 파우스트 신화가 의미하는 것이 거기에 있으며, 괴테는 그의 작품 말미에서 그 의미를 완성시켰던 것이다. 노학자 파우스트는 겉보기에는 젊어졌지만 연애도 쾌락도 야망도 모두 그를 배반한다. 그러나 마지막으로 일이 그를 구제한다. 죽을 때가 가까워서 장님이 된 파우스트는 더러운 물이 고여 악취가

풍기는 못을 매립해 사람이나 가축이 살 수 있는 땅
으로 바꾸는 역사를 자진해서 떠맡는다. 그리하여
"그렇다. 이 계획에 인생의 마지막을 바치자. 생활도
자유도 날마다 그것을 쟁취하는 자만이 누릴 자격이
있는 것이다. 자유로운 땅에서, 자유로운 민중 속에
서, 자유로운 활동을 할 수가 있다면! 그러면 나는 순
간을 향해서 이렇게 말할 것이다. '잠깐! 너는 실로 아
름답다.'라고. 이런 더없는 기쁨을 예감하면서 나는
지금 말할 수 없이 황홀한 인생의 시간을 맛보고 있
다."라고 말하는 순간 파우스트는 쓰러져 죽는다. 모
든 것이 성취된 것이다.

메피스토펠레스는 자기에게 팔아넘겨진 이 영혼을
자기의 영역인 지옥으로 끌어가려고 한다. 그러나 바
로 그때 천사들이 내려와서 파우스트 가운데 이 불사
의 부분, 단 한 번도 행동을 단념하지 않았던, 그 고귀
함 때문에 그를 구원하여 하늘로 데려간다.

능숙하게 나이를 먹는 두 번째 방법은, 늙음을 받아

나이 드는 기술

들이는 일이다. 노년은 번뇌를 끊어버린 안정된 연대이다. 따라서 행복한 연대일 수도 있다. 투쟁의 시대는 지나고 시합은 끝났다. 죽음의 휴식도 가깝다. 새로운 불행에 부딪힐 염려도 없다. 노년의 소포클레스[23]에게 "아직도 연애의 즐거움을 맛보고 있습니까?"라고 물어본 사람이 있다. 그가 이렇게 대답했다. "그런건 이젠 질색이야. 마치 난폭하고 야만스런 주인으로부터 도망쳐 나오듯이 연애에서 겨우 해방된 내가 아닌가."

나는 명상의 철인과도 같은 칭찬할 만한 노인을 몇 사람 만났다. 그들은 애욕의 태풍만이 아니라 미래의 책임으로부터도 해방되어 젊은 사람을 선망하기는커녕 젊은이가 이제부터 인생의 거친 파도를 헤치고 나아가지 않으면 안 된다는 것을 오히려 불쌍하게 여길 정도였다. 그리고 몇 가지 쾌락은 잃어버렸지만 그것을 후회하지 않을 뿐더러 남겨진 즐거움을 한껏 맛보고 있다. 사람에게 충고 따위를 해도 소용없으며, 인

능숙하게 나이를 먹기 위한 두 가지 방법

간은 각자 자기 멋대로의 인생을 사는 것 이외에 별 도리가 없다는 것도 익히 알고 있는 것이다. 그러한 노인의 회고담에 잔소리 같은 것이 조금도 섞여 있지 않기 때문에 기꺼이 귀를 기울이고 싶어하고 또 곤란한 사태가 일어났을 때에는 다시 지휘봉을 잡아주기를 바란다. 남을 지휘하려는 생각 따위는 털끝만큼도 없다는 것을 알고 있는 만큼 더욱더 지휘를 맡기고 싶어지는 것이 사람의 마음이다.

서투르게 나이를 먹는 방법도 한두 가지가 아니다. 그 중에서도 가장 꼴불견은 자기에게서 떨어져나가는 것을 악착같이 붙들려고 하는 일이다. 지위를 물려주려고 하지 않는 늙은 실업가는 어디에서나 볼 수 있는 예이다. 그에게 자식들을 권력의 자리에 참가시킬 만한 지혜가 있었다면 좋은 아버지라는 말이라도 들었을 텐데, 위신만 내세운 채 마치 노예와 같은 상태로 그들을 묶어놓고 있다. 아들이나 딸에게는 가난한 생활을 하게 하면서도 자기는 이미 뜻대로 되지도 않는 쾌락의 대금을, 벌써 떨리는 중세가 나타난 양 손에 꼭 붙들고 있는 탐욕스런 어버이가 있는가 하면, 이제 앞으로 며칠 있으면 저승으로 가야 하는데도 여전히 질투나 후회에 사로잡혀서 인생 최후의 시간을 엉망으로 만들어버리는 늙은 야심가도 있다.

나이를 먹는 기술이란 뒤를 잇는 세대의 눈에 장애가 아니라 도움을 주는 존재로 비치게 하는 기술, 경쟁상대가 아니라 상담상대라고 생각하게 하는 기술이다.

퇴직이라는 것에 관해서는 말해야 할 것이 많다. 퇴직이 곧바로 죽음으로 이어지는 경우도 있다. 그것은 마음의 준비가 되어 있지 않은 탓이다. 왕성한 호기심을 계속 가지고 있는 인간이라면 그때가 인생의 가장 즐거운 때인 것이다. 퇴직이 당사자에게 기쁜 일이 되기 위해서는 무엇이 필요한가? 영광의 공허함을 알고 무명의 한 존재로 편안함을 얻으려는 기분을 갖는 일이다. 그리고 자기 동네나 집이나 정원에서 자

능숙하게 나이를 먹기 위한 두 가지 방법

그맇게 할 일을 만들어내는 일이다. 현명한 사람은 세상을 향해 시간을 보낸 뒤에는 자기 자신의 일과 교양을 위해서 시간을 할당한다. 직업을 가지고 있을 때부터 이미 시와 그림 또는 자연에 친숙한 사람이라면 더욱 손쉬운 일이다.

나는 인생의 마지막을 가장 아름답게 보내는 방법으로 언젠가는 시골이라고 해도 도시에서 그리 떨어져 있지 않은 곳에 은거하면서 이제까지 애독한 몇 권의 책을 다시 한 번 메모 같은 것을 하면서 읽어보는 것을 생각하고 있다. "마치 기생목이 말라죽은 떡갈나무에 뿌리를 내리고 살 듯이 인간의 지성은 노년에야말로 꽃을 피우지 않으면 안 될 것이다."라고 몽테뉴는 술회하고 있다.

이미 이 세상을 떠난 사람들이 있지만 죽음으로도 떼어놓을 수 없는 친구가 되어 있다. 말하자면 문호라고 불리는 사람들은 우리들의 불사의 친구이다. 지난날 우리들의 청춘을 눈뜨게 하고 매료시킨 것처럼 지금은 우리들의 노년을 아름답게 만들어주고 있다. 음악도 역시 누구보다도 충실한 친구이다. 이미 인간 감정의 아름다움을 믿을 수 없게 되었다고 한탄하는 사람들을 위로하여 다시 날마다 새롭게 창조되는 아름다운 세계 속에 숨겨준다.

어느날 밤, 나는 오페라좌에서 베토벤의 제7교향곡의 최고의 연주가 끝난 뒤, 주위 사람들의 표정을 바라본 적이 있었다. 늙은이도 젊은이도 모두 감동과 기쁨으로 넋을 잃고 있는 것 같았다. 확실히 그 속에는 인생에 배반을 당했기 때문에 우울해지고 정신도 쇠약해져서 마음마저 지쳐버린 사람도 있었을 것이다. 그러나 그러한 사람들도 다른 사람들과 똑같이 음악에 취해 있었다. 음의 물결에 흔들리고, 주선율(主旋律)이 튕기는 물보라에 애무되고, 천재의 열기에 의해 따뜻해지고, 정신의 자유를 얻은 사람들은 나이를 잊고 세상을 원망하는 마음도 잊고 모두가 행복한 감정에 몸을 맡기는 것이다. 그 사람들과 더불어 거

능숙하게 나이를 먹기 위한 두 가지 방법

의 하늘나라에 이어질 정도의 행복감을 서로 나누면서, 나는 옛날의 대귀족들이 가장 좋아하는 음악을 들으면서 죽는 쪽을 택했던 기분을 비로소 알 수 있을 것 같았다.

"인생이 사랑으로 시작되고 큰 뜻에 의해 끝난다면 그 얼마나 다행한 일일까?"라고 파스칼은 말했다. 자기가 바라던 큰 뜻을 이루거나 또는 초월해서 인생이 조용한 마음으로 끝난다면 그것은 더욱 다행스러운 일일 것이다. 50대에 그림자의 선을 넘은 뒤 10년 또는 20년 후에 이번에는 빛의 선을 가로질러 가게끔 될 것이다. 처음으로 늙는다는 것을 자각했을 때 그는 무척 괴로웠다. 아직은 자기의 세상이라고 생각하고 있었는데 세상은 어느새 새로운 사상이나 새로운 스승 쪽을 향하고 있는 것이 충격이었던 것이다. 그러나 지금은 이미 자기에게는 속하지 않게 된 시대를 무사무욕의 혜안을 지닌 관찰자로서 냉정히 바라보는 것에 차분한 행복감을 절실히 느낀다. 그러한 사

나이 드는 기술

능숙하게 나이를 먹기 위한 두 가지 방법

람의 부드러운 표정이나 밝고 순박한 눈빛은 그 마음 속을 충분히 말하고 있다. 그렇다. 늙음은 지옥이며, 그 문에 "이곳에 들어오는 자 모든 희망을 버려라"라는 글이 쓰여 있다는 것은 타당하지 않다.

지금까지 노인이 왜 절망적인 기분을 갖게 되는지 그 이유를 우리들은 분석해왔다. 그리고 그 중의 어느것 하나도 구제받을 수 없는 것은 아니라는 사실을 보아왔다. 늙은 육체는 힘을 잃어버리는가에 대해서도 물어보았다. 실은 그것은 연령의 문제라기보다도 오히려 건강의 문제였다. 몹시 힘이 센 노인이 있는가 하면 기력도 없이 흐느적거리는 젊은이도 있다.

그런데 노인에게는 쾌락이라는 것이 없다는 말인가? 아니, 노인에게는 노인의 쾌락이 있다. 그것이 덧없는 것이라고 알고 있는 만큼 한층 더 그립고 한층 더 감미롭게 생각되는 즐거움이 있다. 또한 노인은 활동의 기회를 빼앗기게 되는 것인가? 그러기는커녕 상당히 많은 경우 노인은 젊은이보다 능숙하게 일하

나이 드는 기술

며 능란하게 지휘하고 통치한다. 그리고 노인이 되면
친구를 잃게 되는 것일까? 친구를 얻는 데에 능동적
인 노인은 거꾸로 많은 친구들에게 둘러싸인다. 마지
막으로 노인은 여전히 죽음을 무서워하는가? 그러나
이 두려움은 신앙과 철학이 가장 잘 쫓아버려주는 것
이다.

능숙하게 나이를 먹기 위한 두 가지 방법

죽음이 선(善)이라는 것을 모르는가.
그러나 생(生)이 선(善)이 아니라는 것은 알고 있지.
오는 사람 모두 나처럼 눈물을 머금고,
똑같은 들판, 똑같은 하늘을 보며 발을 멈춘다.
그리고 똑같은 바다를.   – 스윈번

7

죽는 기술

능숙하게 죽는 방법은 두 가지가 있다. 그 하나는 죽음이란 아무것도 아니라고 믿는 에피쿠로스학파[24]적인 방법이고, 또 하나는 죽음이야말로 모든 것이라고 믿는 기독교도적인 방법이다.

에피쿠로스는 말하고 있다.

🌿 우리들에게 있어서 죽음이란 아무것도 아니라는 사고방식을 가지는 것이 중요하다. 이렇게 말하는 것은 낙이든 고생이든 우리들이 그렇게 느끼기 때문이지만, 과연 죽음이란 일체의 감각이 없어진다는 것과 다름없다. 죽음

은 아무것도 아니라는 것을 정말로 알게 되면 한계가 있는 인생에 기쁨의 샘이 솟는다. (…) 인생의 저쪽에 아무것도 없다는 것을 진정으로 알게 된 인간은 이제 두려워할 것이 아무것도 없다. (…) 죽음은 존재하지 않는다. 왜냐하면 우리들이 살고 있는 한 죽음이라는 것은 없으며 죽음이 올 때 우리들은 산다는 것을 그만두기 때문이다.

한편 기독교 사상가들을 보자. 그들에게 죽음이란 하나의 통로에 지나지 않는다. 거기를 지나가버리면 사랑하던 사람과 재회할 수 있고 지상의 삶보다도 훨씬 아름다운 삶을 즐길 수 있기 때문에 죽음을 두려워할 필요가 없다.

성인이나 영웅이 훌륭하게 죽는 방법을 취하는 것은 거의 당연한 것이다. 허나 그렇게까지 숭고한 극단적인 예를 들지 않더라도 주변에 성실한 사람들도 최후까지 일을 하면서 고귀한 죽음을 맞이한다. 일을 하다가 쓰러지는 죽음에는 위대함이 서려 있다. 발자

나이 드는 기술

크나 프루스트의 임종은 사람들에게 잘 알려져 있다. 즉 스스로 창조한 인물들에게 둘러싸여 발자크는 의사 비앙송[25]의 이름을 부르며, 프루스트는 폴슈빌의 이름을 쓰면서 죽어갔다. 문법의 대가인 부울 신부가 남긴 최후의 말은 "나는 죽어가고 있다"라는 문장의 문법을 논하고 있었다. 영국의 찰스2세[26]는 왕자답게 그리고 신사답게 죽었다. "짐은 죽는 마당에 너무나 많은 시간이 걸렸다. 여러분 용서를 바라오." 또한 리슐리외는 대신답게 죽어갔다. 즉, 죽음의 자리에서 "귀하의 적을 용서하겠소?"라는 사제의 물음에 그는 이렇게 대답했다. "국가의 적 이외에 나의 적은 없습니다."라고. 시정이 풍부한 풍경화를 많이 그린 코로는 역시 화가다웠다. "천국에서도 그림을 그릴 수 있게 되기를 진심으로 바랍니다." 쇼팽은 음악가이다. "나를 추억할 땐 모차르트를 연주해주게." 나폴레옹은 지휘관이다. "프랑스… 육군… 군의 선두….''가 그의 최후의 말이었다. 퀴비에[27]는 해부학자였다. "머리

죽는 기술

부분을 이었다.” 라세베트[28]는 박물학자였다. “뷔퐁의 곁으로 가자.” 그리고 루이스 부인[29]은 왕의 딸답게 죽었다. “천국으로, 자 빨리 마차를 달리게 하라!”

때로는 직업이 그 사람 속에 깊숙이 틀어박혀 있기 때문에 사람이 죽은 뒤에도 직업은 남는다는 말이 있다. 철학자 알레는 또한 의사이기도 했는데 자기의 맥(脈)을 짚어보고는 동료에게 “여보게, 내 맥박이 멎었네.”라고 중얼거렸다. 이것이 그의 마지막 말이었다. 수학자 레니는 18세기 초반에 평방근과 입방근을 내기 위해서 ‘극히 참신하고 간략한 방법’을 세상에 발표한 사람이지만, 그러한 그가 이미 친구의 얼굴도 알아볼 수 없고 의식도 잃어버린 것처럼 보였을 때 머리맡에 있던 한 사람이 그에게 허리를 구부리고 “레니, 12의 제곱은?” 하고 물어보자 그는 “144”라고 대답했다. 그 사람은 놀란 얼굴을 하다가 정신을 차리고 보니 레니는 벌써 죽어 있었다.

“만약 내가 글을 쓰는 것을 직업으로 삼고 있는 사

나이 드는 기술

람이라면 인간의 여러 가지 죽는 모습을 모아서 주석을 붙인 책을 낼 것이다."라고 몽테뉴는 말했다. 그런데 실제로 그러한 책을 두 사람의 영국인이 만들어냈다(바렐과 루커스 공저). 이 진귀한 책을 읽고나면 우리들은 인간의 용기에 경의를 느끼게 될 것이다. 거기 실린 이야기엔 비겁하거나 미련한 행동을 하는 사람은 하나도 나오지 않는다. "죽는다는 것은 잠 잔다는 것. 이제 아무것도 없다. (…) 그러나 이 죽음이라는 잠 속에서 어떠한 꿈을 꾸게 될까?" 햄릿의 이 무서운 물음[30]에는 뭐라고 대답할 수가 없다. 그러나 국왕이든 예술가든 또는 가난한 사람이든, 많은 이들이 이 질문을 해놓고 쩔쩔매는 일은 없었다는 것을 알아두어도 좋을 것이다.

죽는 기술

여기 나를 사랑해주는 사람들에게 보내는 웃음이 있다.
나를 미워하는 사람들에게 던지는 탄식이 있다.
그리고 머리 위 하늘의 기색이 어떻든간에,
여기에 모든 운명을 향해 열어놓은 마음이 있다.

— 바이런

몇 사람의 청년에게 보내는 편지

자네들은 곤란한 시대에 인생의 출발점을 맞이하고 있네. 역사 가운데는 아무리 허약한 수영선수라도 성공할 수 있게 떠밀어준 만조(滿潮)의 시대도 있었지. 그러나 자네들의 세대는 거친 바다의 파도를 거슬러 헤엄치고 있어. 그것은 괴로운 일이네. 처음에는 숨이 찰지도 모른다네. 도저히 대안(對案)에는 당도할 수 없다고 생각할지도 모르지. 그러나 안심해도 좋네. 자네들의 선배 중에도 똑같이 거센 파도와 맞닥뜨린 사람들이 있었지만 빠져 죽지는 않았으니까. 팔에 힘을 주고 용기를 내면 저쪽 물

가까지 충분히 헤엄쳐 갈 수가 있네.

자네들이 이겼을 때 "인간이 얻는 승리는 어디까지나 부분적이며 일시적인 것에 지나지 않는다."는 것을 잊으면 안 되네. 이 세상 일은 무엇 하나도 그것으로 완전히 결말이 나는 것은 없네. 어떠한 승리도 먼 미래까지 유지하지는 못하네. 어떠한 조약도, 국가간의 관계나 국경도 영구히 정해놓지는 못하지. 또한 어떠한 혁명도 영원히 행복한 사회를 만들어내지는 못하네. 한 사람의 인간 또는 하나의 세대로 자기의 임무를 완수한 후에는 나태한 행복감 속에서 졸고 있을 권리가 있다고 생각해서는 안 되네. 인생의 여정은 밤의 장막이 드리워지기 전에는 끝나지 않는 것일세.

서두르거나 초조하게 굴지 말게. 잠시 동안에 얻은 재산이나 명성은 역시 잠시 동안에 잃어버리게 될걸세. 자네들을 위해서는 장애나 투쟁이 있는 편이 좋다고 생각하네. 싸우는 것으로 자네들에겐 힘이 붙을 것이네. 50세 또는 60세가 되었을 무렵에는 태풍에 시달리며 견디어낸 바위산처럼 굳건한 모습이 될걸세. 적과 싸우는 것으로서 자네들의 인물이 부각될 것이며 그래서 인격자라고 불리게 될 테지. 또한 동시에 용기도 생기고 세상의 뜬소문 따위는 웃어넘길 수 있게 될 것이네.

젊었을 때는 무엇이든 두렵게만 느껴지는 법이지. 처음 맞닥뜨린 장애에 의해서 그야말로 자존심까지 깎이는 것 같은 기분이 들며 인간의 짓궂음에 위축되기도 하고 말야. 그러한 세상의 잔인함에 대해서는 마음속에 하나의 피난장소를 만들어두는 것이 좋네. 인간이라면 누구라도 자기 사고의 가장 깊은 곳에 아무리 무거운 폭탄이라도, 아무리 교묘히 독을 품은 말이라도 튕겨버릴 정도의 엄폐호를 만들어놓을 수가 있을걸세. 자기 스스로 반성해보고 양심의 가책을 받지 않는 이상 무엇이 두렵다는 말인가. 박해나 중상모략도, 자기 자신만이 알고 있는 마음속 깊이 있는 것을 조금도 손상시킬 수는 없을 것일세.

　연애는 진지하게 생각해야겠지만 너무 심각하게
생각해서는 안 되네. 사춘기에는 여성의 경박함이나
교태나 거짓말이나 잔인한 거동에 놀랄 적도 있을 것
이네. 여성에게는 틀림없이 그러한 면도 있지만 어디
까지나 그것은 표면적인 것이라고 자기를 타일러야
하네. 여성을 볼 때 여성은 바다와 같은 것이라고 생
각하게. 바다의 표면은 실로 변화하기 쉽지. 그러나
바다에 마음을 붙여두게. 바다를 익히 이해할 수 있는
사람은 거기에서 틀림없이 친구를 발견할 수 있을걸
세. 너무나 허물없이 가까이 오는 여자들의 소란스러
운 행렬 뒤에는 얌전하고 조심성 있는 영혼이 다정한
마음과 신뢰의 말을 들려준다는 사실을 발견해야 하
네. 이 사람이면 틀림없다고 생각되는 한 여성에게
진실한 충성을 맹세하도록 하게. 돈 후안을 부러워해
서는 안 되네. 나는 돈 후안을 잘 알고 있네. 그는 인
간 중에서도 가장 불행하고 가장 불안하며 그리고 가
장 약한 인간이지.

충실하며 견실한 인간이 되어야 하네. 하는 일이 잘 되어나가지 않을 때는 모든 것을 내던지고 싶은 마음이 생기고, 다른 여성이나 다른 친구와 더불어 다른 고장에서 다시 한 번 인생을 시작해봤으면 하는 생각이 드는 것은 이해할 수 있네. 그러나 그러한 피상적인 용이함에 굴복해서는 안 되네. 극단적인 경우로서는 참을 수 없는 불행에서 빠져나오기 위해 인생의 재출발이 아무래도 불가피하다고 생각될 때가 있을걸세. 그러나 대부분의 사람에게는 지금의 상태를 어떻게든 손써보는 쪽이 훨씬 나을 것일세. 같이 성장하고 같이 투쟁해온 사람들에게 둘러싸여서 나이를 먹고 죽어가는 것이야말로 행복한 인생이지.

마지막으로 자네들은 겸손하길 바라고 또한 대담해주었으면 하네. 사랑하는 일, 사고하는 일, 일을 해야 한다는 것, 지휘를 하는 일, 그러한 것은 모두 힘들고 어려운 일이기 때문에 그 중의 어느 하나라도 사춘기에 꿈꾼 것처럼 성취하지 못한 채 그대로 이 세

몇 사람의 청년에게 보내는 편지

상을 떠나는 일도 있을걸세. 그러나 또한 아무리 그것들이 어렵다고 생각되어도 불가능한 것이 아니라는 점은 확실하네. 자네들 이전에 이미 무수한 세대의 인간이 그것들을 성공시키면서 인생이라는 두 개의 암흑 사이에 낀 이 좁은 빛의 지대를 겨우 가로질러왔던 것일세. 이제 무엇이 두렵단 말인가. 짧은 동안 맡은 역할이나 관객 역시 자네들과 마찬가지로 머지않아 죽어야 할 인간이 아닌가.

1) 프랑스의 사상가(1613∼1680). 인간성을 날카롭게 풍자
한《잠언과 고찰》을 썼다.

2) 페로의 동화 〈엄지 동자〉에서 엄지 동자는 집안이 가
난했기 때문에 숲속에 버려지지만 도깨비에게서 마법
의 장화를 빼앗아 집으로 돌아온다. 여기에서 '공작' 으
로 되어 있는 것은 지르벨 드 게르망드 공작.

3) 셰익스피어의 비극《맥베스》에서 아버지의 원수를 갚
으려고 맥베스의 성을 공격하는 맥더프와 말콤의 군대
는 버넘의 숲에서 모든 병사가 나뭇가지를 꺾어 몸을
위장하고 몰래 성에 접근해간다.

4) 스탕달의 자전(自傳)《앙리 브륄라르의 생애》제1장에
서 언급된다.

5) 프루스트가 그의 대작《잃어버린 시간을 찾아서》의 본
격적인 집필을 시작한 것은 거의 38세 때였다. 그는 약
절반을 출판하고 믹대한 양의 원고를 남긴 채 51세로
세상을 떠났다.

6) 트로이 전쟁 때 그리스군의 대장. 대장들 중 가장 연장
   자로서 모든 사람의 상담역이라는 중책을 맡고 있었다.

7) 베티나의 본명은 엘리자베스 브렌타노(1785~1859).
   1807년, 당시 60세가 넘은 괴테를 숭배하고 자주 편지
   를 주고받았다.

8) 발자크의 《종매(從妹) 베트》의 중심인물. 능수능란하게
   젊은 처녀를 사랑한 나머지 명문의 가정을 파괴하고 자
   신마저 파멸했다.

9) 발자크의 소설. 여주인공 외제니의 부친인 그랑데 할
   아버지의 수전노다운 모습을 묘사한 작품이다.

10) 프랑스의 작가(1645~1696). 작품으로 17세기 프랑스
    의 인물과 풍속을 그린 《사람은 가지가지》가 있다.

11) 가발은 고대 로마에서도 대머리를 감추기 위해서 남
    성들이 먼저 사용하고 있었다. 프랑스에서 가발을 쓰
    는 풍습이 일반화한 것은 루이 13세(재위 1610~1643)
    시대였다.
12) 러시아 태생의 생리학자 보로노프(1866~1951)는 젊어
    지는 수술로서 원숭이의 고환을 인간에게 이식했다.

13) 영국의 소설가·사상가(1866~1946).《우주전쟁》《세
    계문화사대계》등의 저서가 있다.

14) 영국의 정치가·문학자(1804~1881). 보수당의 당수로
    서 19세기 후반의 영국 의회정치를 대표하는 인물이
    며, 역대 수상을 지냈다. 또한 정치소설의 저작도 있
    다.

15) 메러디드는 영국의 소설가(1828~1909), 말라르메는
    프랑스의 시인(1842~1898), 베르그송은 프랑스의 철
    학자(1859~1941). 특히 말라르메가 파리의 자택에서
    정기적으로 개최한 화요회에는 당시 청년이었던 지
    드, 발레리, 클로델 등이 모여 실로 20세기의 새로운
    문학의 요람이 되었다.

16) 프랑스의 외교관·역사가(1853~1944). 외상(外相)으
    로서 노불동맹을 체결했으며,《현대 프랑스사》등 다
    수의 저서가 있다.

17) 고대 로마 제1의 시인(BC 70~19). 특히 전원풍경의 아
    름다움과 풍부한 서정적인 표현으로 유명하다.《아이
    네이스》등.

18) 루이 15세의 재위 기간은 1715~1774년. 이 시대의 프
랑스어는 동쪽으론 러시아, 서쪽으론 스페인에 이르
기까지 대체로 교양 있는 인사들의 일상어였다. 베를
린의 아카데미는 현상 논문에 〈왜 프랑스어는 보편적
인가?〉라는 제목을 내걸기도 했다.

19) 1931년 파리의 반세누에서 열린 박람회를 말한다. 군
에서 퇴역한 리요테는 이 박람회의 임원을 맡아보았
다.

20) 영국의 정치가(1809~1898). 자유당의 당수로서 디즈
레일리를 상대로 전형적인 정당정치를 전개했으며,
83세로 제4차 내각을 조직했다. 클레망소도 80세 때
제2차 내각을 이끌었다.

21) 제2포에니 전쟁(BC 218~201) 시대 로마의 군인. 전략
이 뛰어나 무훈을 세웠다.

22) 아가멤논은 미케네의 왕이며 트로이 전쟁 때, 원정군
의 총사(總師)이기도 했다. 아이아스는 트로이 원정에
참가한 거대한 신체와 강용한 전사이지만 단순우직했
다. 네스토르는 앞서 인용한 바대로 덕망 있는 지장(智

나이 드는 기술

將)으로 아이아스보다 네스토르의 가치가 더욱 뛰어
났다는 비유이기도 하다.

23) 고대 그리스의 비극 시인(BC 497~406년경).《안티고
네》《오이디푸스왕》등을 남겨놓고 있다.

24) 그리스 철학자 에피쿠로스(BC 342~271)는 삶의 목적
은 쾌락이라고 주장하며 철학의 목적을 행복의 획득
에 두었다. 그의 가르침은 수백년에 걸쳐 계승되었고
그것을 총칭하여 에피쿠로스학파라고 부른다.

25) 비앙숑은 발자크의 작중인물로서《고리오 영감》등에
등장하는 명의. "비앙숑을 불러주게. 그 사람이라면
나의 병을 고쳐줄걸세."라는 말을 발자크는 임종 순간
에 했다고 전해진다. 폴슈빌 역시 프루스트의 작중인
물. 작가 모리악은 프루스트의 죽음을 알고 달려왔을
때, 그의 머리맡에 놓인 봉통(封筒)에서 단 하나 '폴슈
빌'이라는 이름만 판독될 뿐 찻물로 얼룩져 있어 무엇
을 썼는지 읽을 수도 없는 그의 최후의 문자를 보았다
고 말하고 있다.

26) 앞서 나온 찰스 1세의 아들(1630~1685). 부왕이 처형
되고 10년 후, 충신들이 애쓴 보람이 있어서 왕좌에 다

시 오를 수 있었다.

27) 프랑스의 동물학자(1769~1832). 화석에서 고대의 동
물을 복원하는 학문을 창시했다.

28) 프랑스의 박물학자(1756~1825). 18세기 최대의 박물
학자 뷔퐁의 대저 《박물지》의 집필을 계승했다.

29) 루이 15세의 딸이었던 루이스 마리 드 프랑스(1737~
1787).

30) 셰익스피어의 《햄릿》 제3막 제1장. "사느냐 죽느냐 그
것이 문제로다." 에 이어지는 햄릿의 독백.

　앙드레 모루아는 1885년 프랑스의 루앙시 근처 엘뵈프에서 태어났다. 루앙에서 학창시절을 보낸 그는 철학자 알랭에게 배우면서 깊은 영향을 받았다. 대학의 문학부를 나온 후, 한때 부친의 직물공장 경영을 돕기도 했지만, 제1차 세계대전 때 영국군의 통역관이 되었다. 그때의 체험을 토대로 소설 《브랭블 대령의 침묵》(1918)을 쓰면서 작품활동을 시작했다. 1924년에 《셸리전》을 발표, 소설풍의 전기라는 모루아 특유의 독창적인 분야를 열어놓았다. 특히 영국을 배경으로 한 주제를 즐겨 썼으며 《디즈레일리전》(1927), 《바이런전》(1930), 《에드워드 7세와 그 시대》(1937)는 철저한 고증과 능란한 화술로 많은 인기를 얻었다. 전기적 작품인 《투르게네프전》(1931), 《리요테전》(1931), 《샤토브리앙전》(1938)의 인물들은 그의 책에 자주 등장한다. 또한 소설작품도 차례차례 발표했는데, 특히 《사랑의 풍토》(1928)는 섬세하고 아름다운 연애심리를 묘사해 독자들의 사랑을 받았다.

모루아가 전세계적으로 명성을 떨치게 된 것은 이 책의 내용이 담긴 《나의 생활기술》을 비롯한 에세이 작품들을 발표하면서부터다. 《나의 생활기술》은 제2차 세계대전 직전인 1939년에 발표했으며, 이에 앞서 《지휘술에 관한 대화》(1924), 《여기에 나의 꿈이 있다》(1933), 《감정과 풍습》(1934) 등의 에세이집이 출간되었다.

제2차 세계대전 중에 미국에 건너가 있던 모루아는 전쟁이 끝나자 프랑스에 돌아왔다. 그 무렵의 그는 《영국사》(1937), 《미국사》(1943), 《프랑스사》(1948) 등 역사서 서술에 힘썼으며, 에세이는 《연애의 일곱 가지 얼굴》(1946), 《알랭》(1949) 등을 발표했다. 그후 그의 문학적 생애를 장식하는 전기문학 《마르셀 프루스트를 찾아서》(1944), 《레리아 또는 조르주 상드의 생애》(1952), 《오랑피어 또는 빅토르 위고의 생애》(1954), 《뒤마전》(1957), 《플레밍의 생애》(1965), 《라 파예트 부인의 생애》(1961), 《발자크의 생애》(1965) 등을 계속 발표하여 과거 거장의 모습을 다시 한 번 되살려놓는 데 성공했다.

만년의 모루아는 《프루스트에서 카뮈까지》(1963)의

일련의 문학사를 구상하고 집필하는 한편, 여성잡지 기고와 라디오 인터뷰에 응하기도 하면서 폭넓은 문학적 활동을 펼치다 1967년 82세로 파리에서 영면했다.

다양한 관심, 예리한 관찰과 분석력을 인간미 넘치는 유머로 살려내는 문장력을 가진 그의 작품은 본국 프랑스에서뿐만 아니라 외국에서도 대부분 번역되어 많은 독자층을 형성해왔다. 그는 본국뿐 아니라 외국의 많은 독자들에게도 폭넓은 지식과 인간애의 깊은 사랑, 그리고 인생의 참 지혜를 호소력 있게 들려주었다.

《나의 생활기술》이라는 작품은 새삼 해설할 필요가 없을 정도로 쉬운 문장으로 씌어져 있다. 함축성이 적다는 뜻은 아니다. 독자는 이 무게 있는 삶의 기술을 전수받고 이미 각자의 피와 살이 되어 있을 것이므로 여기서 새삼스럽게 해설을 덧붙이는 것은 사족일 것이다. 다만 한 가지 프랑스어가 외국어로 번역될 경우 모루아의 사상이 왜곡된다고까지는 할 수 없으나 어느 정도 그의 사상적 형태에 변화가 생기는데, 난처한 것은 이런 종류의 변질

이 사상의 가장 중요한 부분에서 일어나기 쉽다는 점이다. 왜냐하면 한 사상의 정수(精髓)는 언어의 정수와 일체를 이루고 그것들이 한결같이 독창적인 것이 되어야 비로소 존재할 수 있기 때문이다. 따라서 이하는 번역을 좀더 원문(原文)에 가깝게 하고자 한 역자의 변명이다.

우선 이 책의 전문 제목인 '나의 생활기술(Art)'을 살펴보자. '아르(Art)'에 관해서는 본문 중에 정의가 있다. 즉 '아르'란 "자연에 인간의 손이 가해진 것이라고 베이컨은 말하고 있다. 자연은 회화나 조각, 시가나 비극 등 삶의 소재를 인간에게 제공한다. 그것을 인간이 가공하여…." 여기서 즉각 머리에 떠오르는 단어는 '예술(藝術)'이다. 그런데 한자로 예술은 미적인 가치를 띠고 이에 대해서 또 다른 가치(유효성·실용성)를 지닌 어휘 '기술'이 대립하여 인간의 활동 분야를 둘로 나눈다. 이와 같이 '예술'과 '기술'이라는 말이 대립적으로 기능하고 있다. 프랑스어의 '아르'에도 확실히 예술적인 측면은 있지만, 그 차이는 자연에 인간의 손이 가해진다는 더 큰 공통성에 의해 하나의 어휘로 종합된다. 우선 이것이 커다란 차이점이다.

　그런데 인간의 손이 가해져야 할 자연 중 가장 중요한 것이 인간이라는 자연이다. 우리들은 자연 그 자체로서 자신에게 손을 가함으로써 진정한 인간이 된다. 그렇게 생각해보면 '아르' 란 인간답게 사는 삶의 방법이며, '삶의 아르' 란 이 살아가는 방식의 추구를 몇 겹으로 접어 넣은 표현이라는 것을 깨닫게 된다. 실로 '아르' 라는 말은, 인간이 살아가는 방법에 인간다운 표지를 붙이는 어휘이며, 인간이 살아가는 현실 속에서 자신을 점검하게 만드는 말이다. "말을 쓸 때에…또는 몇 가지 규칙에 따르는 소양(Art)" 이 그렇다. '소양' , '기술' , '기교' 그리고 '예술' 을 포괄하는 '아르' 에 상당하는 번역어를 발견해내지 못한 것은 역자가 유감스럽게 여기는 것 중의 하나이다.

　마지막 장이 〈나이 드는 기술〉이다. 여기서는 이 부분을 한 권의 책으로 뽑아내었다. 생각하고, 사랑하고, 일을 하고, 지휘를 해오던 사람도 언젠가는 나이가 들고 이 세상을 떠나게 된다. 이 장의 기본어가 다른 장보다

문제가 생기지 않은 것은('뷔에일'을 '나이를 먹는다'라고 번역해도, '늙는다'라고 번역해도 그리 중요한 차이가 생기지 않기 때문이다.) 다른 각 장의 문제점이었던 곤란한 일들도 죽음을 앞에 놓고서는 그리 중요한 것이 안 되기 때문일까. 아니면 인생을 언제나 새로운 향상과 탐구로 몰고가던 인간 본성의 모순이, 이미 심각한 문제가 되지 않게 되었을 때 죽음이라는 영원한 정지를 앞에 둔 노년의 완만한 발걸음이 찾아오기 때문일까. 어떻든간에 그 지점에서 돌아다볼 때 인생이란 짧은 연극 같은 것일지도 모른다.

그러나 모루아의 펜은 이 연극의 역할을 열심히 성의껏 연기해 보였다. 그리고 이번에는 젊은 독자를 향해서 그와 똑같이 진지하게 그리고 대담하게 그 역할을 연출하도록 호소하고 있다. "관객 역시 자네들과 마찬가지로 머지않아 죽어야 할 인간이 아닌가" 하는 마음의 여유를 주는 일 또한 잊지 않고.

정소성

저자에 대하여

앙드레 모루아(André Maurois, 1885~1967)

프랑스 엘뵈프 출신의 역사 · 평론 · 전기 · 소설 작가로 본명은 Émile Salamon Wilhelm Herzog. 제1차 세계대전 때 영어 통역장교로 종군했고, 이때의 경험을 토대로 1918년 《브랭블 대령의 침묵》을 발표해 작가로서의 명성을 얻었다. 폭넓은 교양과 부드러운 문체로 유명하며, 《셸리전》(1924), 《디즈레일리전》(1927). 《바이런전》(1930), 《투르게네프전》(1931), 《디킨스전》(1934) 등 전기 분야에 뛰어난 능력을 보여주었다. 1938년 프랑스 아카데미 회원으로 지명됐고 제2차 세계대전 때는 미국에 머물면서 《프랑스의 비극》(1934) 등을 썼다. 1942년에는 자서전 《나의 기억》을 내놓았다. 세계대전 후 조국으로 돌아와 《프랑스사》(1948), 《프루스트 연구》(1949)를 연이어 발표하였다. 《영국사》(1937), 《미국사》(1943)도 유명 작품으로 거론된다.

• 역자 / 정소성

불문학자 · 소설가. 1944년 경북 봉화 출생. 서울대 문리대 불문과 동대학원 졸업. 프랑스에 유학, 그르노블 문과대학에서 문학박사 학위 받음. 현재 단국대 불문과 교수. 제17회 동인문학상 받음.장편소설 《여자의 城》과 《운명》, 《두 아내》, 《아테네 가는 배》 등 12편의 장편 ·단편십이 있다.

앙드레 모루아의
나이 드는 기술

지은이 · 앙드레 모루아
옮긴이 · 정소성

초판 1쇄 인쇄 2002년 9월 9일
초판 1쇄 인쇄 2002년 9월 12일

펴낸이 · 한 순 / 이희섭
펴낸곳 · 나무생각
팀장 · 강혜란
편집 · 김미경
마케팅 · 문제훈 / 김선영
출판등록 · 2002년 8월 15일 제13-529호

주소 · 서울특별시 마포구 서교동 328-13
전화 · (대)334-3339, (편)334-3308
팩스 · 334-3318
이메일 · namu3339@hitel.net
tree3339@hanmail.net

값은 뒤표지에 있습니다.
ISBN 89-88344-48-0 03860

잘못된 책은 바꿔 드립니다